落ち着け、落ち着きなさい、華鏡院瑠菜。

もう足音はすぐ近くから聞こえてくる！　こんな何も
考えがまとまっていない状態でどうすれば……！

そして、次の瞬間、私の目に飛び込んできたのは――

「……え？」

「あ、どうも」

サティア
ウティアと双子の
関係にあたる“左神”。
誰よりも規律に厳しく、
高圧的。雷の力を
操る。
マティア
ウティア・サティアの
妻である女神。
どんな命でも慈しむ性格で、
屈止無と瑠菜にも
優しく接する。

ウティア
屈止無たちが出会った
この世界の神の一柱。
"右神"。軽薄そうに見えて
情に熱い男。
風の力を操る。
華鏡院 瑠菜（かきょういん るな）
自分が一番だと信じて
疑わない天才お嬢様。
現代日本から突然この世界に
転移させられ、厄災の森で
屈止無と出会う。

狼の体温が上昇している。
その答えに辿り着いた時、思わず笑みが溢れた。
すごい温度だな。離れているのに、こっちまで熱が伝わってくる。
「あ〜……いいねぇ。本当、本当にッ……最高だよ！」

貰った三つの外れスキル、合わせたら「最強」でした

雪ノ狐
Illust. 増田幹生

Contents

口絵・本文イラスト　増田幹生

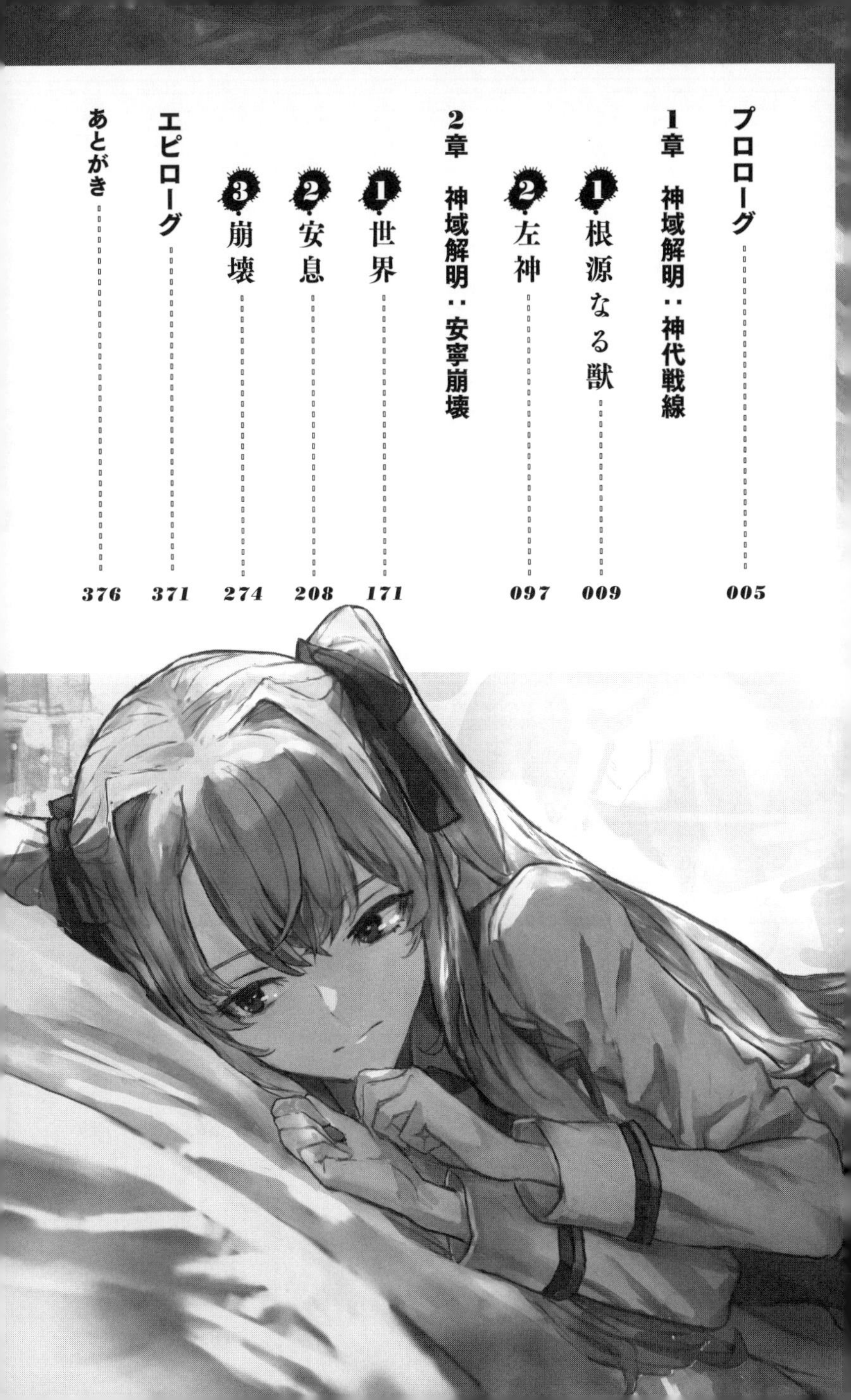

プロローグ

【？？？視点】

「……」

私は、とある夢を見て、目を覚ましていた。

あぁ……まただ、またこの夢だ。

私の両脇で、私を守るようにして眠る彼らはどうか分からない。けど、私は度々この悪夢を見て目を覚ます。

いや、悪夢と言うのは烏滸がましいかもしれない。

これは、過去の記憶。私達が犯した過ちの記憶。

あの日、私達が決断し、そして――自分達の子供を手にかけた、最悪の記憶。

あの日の決断に悔いは無い。また同じ場合に遭遇すれば、私達はまた同じ決断をするだろう。

……でも、否が応でも考えてしまう。もっと良い、別の方法があったのではないか？そもそも、もっとあの子達の気持ちに目を向け、接していれば、また違った未来があったのではないか？　そんな無駄な思考をグルグルと繰り返してしまう。

私は……そう、私は、もっとあの子達と一緒にいたかった。ライティアとはどうあっても叶わなかっただろうけど、他の子達とは、幸せに暮らしたかった。

他の子達とは、それができると思っていた。己を律することができる賢いあの子達とならば、これからもずっと一緒にいられる――そう信じてやまなかった。

でも、あの子達が、あの件に対して、あれほど深く怒りを覚えているとは、知らなかった。

あの一件は、お母様を深く悲しませたとはいえ、それでも、お母様がお認めになったこと。

それならば、私達もお母様のようにあの一件を受け入れ、行動すべき――それが、お母様に祀り上げてもらった私達の取るべき最も相応しき行動。

なのに……あの子達はそうしなかった。

お母様を悲しませたあの一件に対して深く憤り、そして、お母様の言葉を鵜呑みにするのではなく、お母様の心を見ようとしていた。

私達がどうあるべきかは常々言い聞かせてきたつもりだった。その教えに則り、正しい行動を取ってくれると、私は信じていた。

でも、それは間違いだった。

あの子達は、お母様の心の傷を見逃すことができない子達だった。

あの子達は……私達とは違い、正しさよりも情を大切にする――優し過ぎる子達だった。

それを見抜けなかった私の……いや、私達の節穴が、あの最悪の出来事を引き起こした。

「…………」

どうすれば、良かったのか。

どうすれば、あの子達はあんな間違いを起こさずに済んだ？

分からない……分からない。どの行動から間違いだったのか、それすら分からない。

でも、分かることが一つだけある。

あの子達のあの行動には、どこか違和感があった。

あの子達らしからぬ行動が、そこにはいくつもあった。

あの子達の内に秘(ひ)めた激情があの最悪を引き起こした――それは間違いない。それでも、あそこまで急だったことには、やはり違和感を感じる。

おそらくだけど、あの時、あの場に、私達とは別に、他の存在も居たのではないかと私は考えている。

そうでなければ説明がつかない。あの時、居た筈(ハズ)なのだ――あの子達の考えを後押(あとお)しした、愚者(クソやろう)が。

それが誰(だれ)なのかは分からない。どれだけ調べた所で、そんな存在は見つからなかった。

でも、確かに居る。居ると、私は信じている。

あの子達が本物の愚者ではないと信じているからこそ、私は黒幕の存在を信じ続ける。

私は許さない。

この架空(ぐしゃ)の存在を、私はずっと、許さない。

1章　神域解明：神代戦線

根源なる獣

「おぉ!?」

後ろで炸裂音が響く。

僕は逃げるように森の中を疾走していた。

それも、一人でではなく、森の中で出会った女の子を抱いて。

「――――ッ！」

また後ろで炸裂音。

これ……やばいかもしれないな。

僕らを襲っているのは蝿だ。それも一匹や二匹じゃない、複数。

この蝿だけど、一匹一匹が尋常じゃないほど硬く、素早い。僕の知っている蝿の比じゃない。

この蝿は、その自身の能力を利用して、ただ突進してくる。そう、突進してくるだけ。それだけで、蝿はさながら弾丸のように飛んでくる。弾丸のように飛んできて、木々どころか岩や地面すらも貫通し、こちらへ飛んでくる。それも、一匹ではなく群れで。何百、下手したら何千という数の蝿が弾丸のように飛んでくる。まるでガトリング砲だ。……いや、複数の蝿が同時に、連続で飛んでくるんだ、ガトリング砲よりも凶悪。先程の炸裂音も全てこの蝿の仕業だ。どれだけ逃げても、どれだけ避けても、しつこく追いかけてくる、厄介。

「……」

正直、この蝿と戦ってみたい気持ちはある。僕の体と蝿の体、どちらの方が硬いのか？　とか、蝿の突進と、僕が殴って生み出す衝撃とではどちらの方が強いのか？　とか。

でも、今、それはできない。

頼まれちゃったから。今、僕が抱きかかえている女の子——瑠菜さんに「守って欲しい」と頼まれた。

だから、先にこっちを完遂する。

護衛はまた森の外に出るまで。

そこまで彼女を連れていけば、なんの憂いも無く、また自由に行動できる。

戦闘に明け暮れるのはその後だ。

僕は瑠菜さんを抱えて逃げる。

後ろでは、相変わらず蝿の群れが自然を破壊しながらこっちに迫ってきていた。

「……」

全力を出せば、この蝿から逃げ切ることはできる。というか、容易だと思う。

蝿の速さは、森で最初に出会った猿とそう変わらない。

今の僕はあの猿よりも速く動ける。

だから、多分、全速力で走れば簡単に逃げ切れると思う。

でも、高速で動いた時、瑠菜さんの体が耐えきれるか心配だ。

確か、めちゃくちゃ速く動くと、凄い空気圧がかかって体を保てなくなる、とかいうのを学校の先生が言ってた気がする。

音速を超える速さ。

何故かすっごい硬くなってる僕の体ならともかく、普通の女の子の体が、その速さの負荷に耐えられるかどうか。体が崩れるとまでは言わなくても、かかる負担が大きくなるのは想像に難しくない。

だから、全力は出せない。

この状態を維持しつつ、森の外を目指すのが最善。

目的達成のために全力を尽くした、という結果を残す。

「――――！」

蝿が僕の真正面からも飛んでくる。

進行方向を読まれた⁉

「――――ッ」

僕は、左脚を地面に突き立て、無理やり方向転換。右斜め前に進路を変える。

「――――ッ！」

今度は羽音が後ろからだけでなく横からも聞こえてくる。

右側に視線をやった――――瞬間、複数の蝿が視線の先から弾丸のように迫ってきた。

「ッッッ‼‼」

急停止、バックステップ。

逆走から、左折ッ。

飛んできた蝿の横を、蝿とすれ違う形で走り抜ける。

観察して分かったことだけど、この蝿、弾丸のように飛び始めてからは、何かにぶつかるまで決して止まりはしない。

おそらくだけど、しないのではなく、できないのだろう。

急停止が無理なら、急な方向転換なんてまず無理。

その習性を利用して、飛んできている蝿の群れの横を走り抜ける。

それでも、元から僕の後ろにピッタリとついてきている蝿の群れは引き離せない。

強引に森の外へ行こうにも、今のように蝿が進行方向を読んで突撃を仕掛けてくるため、直線的に逃げることができない。

そもそも、アガトさん達から離れた後も、所構わず獣と戦いを繰り広げていたから、もう僕には、どの方角に進めば森を出ることができるのか、皆目見当もつかない。

正直、余っ程の幸運でもない限り、打開できない状況。八方塞がりだ。

事態を好転させるには、この現状を覆す『何か』が必要。

しかし、僕にはその打開策が無い。

現在の状況や僕自身の身体能力、持っている技術を客観的に見ても、現状を変えるための『何か』は僕には無い。

なら、無理に足掻くより、現状維持に努めるべきだ。

下手を打つと事態が悪化する可能性がある。もし、幸運によって、事態を変える外的要因が生まれたとしても、それでも覆せないほど事態が悪化してしまっていては意味が無い。

だから、僕は、現在の速さを維持しつつ、蝿からの攻撃を避けることに専念する。


「――――！」

進行方向にある地面が突然盛り上がり、何かが這い出てきた。

突然現れた何かは、迷う素振りなくこちらに突進してくる。

こっちに迫ってくる何かは――――巨大な百足!?

僕は反射的に跳び上がって百足の突進を避ける。

あ、ヤバ……。

今の状態じゃ、空中だと身動きがとれない。

もし今、蝿が飛んできたら――――。

跳んで百足の体の上を通り過ぎながら、僕は後ろを確認する。

「え……？」

すぐに蝿が僕を目指して飛んでくる――――かと思われたが、結果は全く違うことになっていた。

百足が現れる前から僕に向けて突進してきていた蠅。

その蠅が、僕が跳んで進行方向上から居なくなったことで、その先に居た百足と激突。

結果、百足の体は簡単に貫かれ、血を撒き散らした。

突撃、貫通したことで、百足の血がべっとりと付いた複数の蠅。

その蠅達は、次の瞬間――あっという間に溶けて無くなっていった。

また、百足と激突はしてないまでも、飛び散った血が付いた蠅も同様に、溶けて消えていく。

すご……あの血、溶解性の毒か。

沢山の同胞が為す術も無く溶けていったことで、無事だった蠅達はその場で停止。

木々や雑草、地面にも撒き散らされ、今尚、それら全てを溶かしながら蒸気を上げている百足の血。

流石に、それを見て「ヤバい」と感じたのか、蠅一匹一匹が別々にその場を離れ、次第に群れは解体されていき――いつの間にか、僕に迫る蠅は居なくなっていた。

「ッッッ!!!!」

それでも、こっちの危機は変わらない。

今度は所かしこから多数の巨大な百足が這い出てきた。

ここ、百足の巣か何かかな？

とりあえず、この百足、脆そうだけど、血に触れたらアウト。即効で溶かされて終わる。

つまり、絶対にぶつかる訳にはいかない。

この不規則に這い出てくる百足を避けつつ、この一帯から抜け出さなければならない。

また厄介なことになった。

とか考えていたら――

「え」

一瞬にして、多数の百足の胴体が千切れた。

今度は何⁉

千切れた胴体から噴出される大量の百足の血液。

僕は一先ずバックステップでその血液を躱す。

それから、百足の体を千切ったものの正体を確認する。

「――」

………何あれ？

ジェット噴射しながら移動する黄金の兜虫、とでも言えばいいのかな？

百足ほど大きくはないけど、それでも人間よりは大きそうな巨躯。

腹部から青色の炎を勢いよく噴射して、超高速で飛んでいる。

全身、金メッキで覆われた兜虫。

虫型の機械だと言われても納得してしまいそうな見た目だ。

この兜虫が突撃したことで、百足は胴体を千切られることになった。

その当の兜虫は、百足の血を全身に浴びたというのに、蒸気を上げるだけで一向に溶ける気配を見せない。

流石に、この兜虫相手では分が悪いと踏んだのか、残った百足達は一斉に地面へと潜っていった。

状況がコロコロと変わるな。

百足がいなくなったことで、標的が僕に移ったみたいだ。

兜虫が僕目掛けて突進してくる。

兜虫の速さは蝿と同程度。群れでの攻撃でもないので、避けるのは簡単。

僕はバックステップでそれを避ける。

兜虫が頭から地面に突っ込む。

大量の土が上へと巻き上げられる。それだけで、突撃の威力の高さが窺える。

兜虫はすぐに頭を地面から抜き、何事も無かったかのようにこちらを向いた。

「…………」

兜虫が羽を広げる。

なんだろう、何をする気なんだ？

兜虫は、そのまま、飛ぶ訳でもないのに、羽を羽ばたかせ始めた。

その影響で、何やら橙に近い黄色の鱗粉が大量にこちらへ飛んでくる。

羽を動かすだけで鱗粉が飛んでくるって、蛾みたいだなぁ。

「…………――」

あ、やばいかも。

兜虫が勢いよく口を開閉することで火花が散る。

そして、少し前進し、もう一度、口を開閉させた――瞬間！

「――――ッ！」

飛ばした鱗粉が大爆発を引き起こした。

規模えげつない。人二十人くらいなら簡単に吹き飛ばせるレベル。

流石に岩犀ほどの熱量は無いけど、瑠菜さんが食らったら無事じゃ済まない。

鱗粉が爆発する直前、嫌な予感を覚えた僕はすぐに反転。兜虫から離れるために駆け出していた。

それでも、完全に避け切ることはできなかった。

瑠菜さんに熱が及ばないよう、僕は上半身で彼女を覆う。

おかげで、背中から腕にかけて大火傷だ。

でも、そのおかげで、瑠菜さんには熱が届かなかった。

僕は兜虫から離れるために駆ける。

可燃性の鱗粉か。火薬を空気中に撒き散らされたようなものだ。規模をどれだけ広げられるのか分かったもんじゃない。

護衛を請け負っている以上、あんな爆発を起こせる兜虫の近くになんか居られない。

爆発によって生じた煙が晴れる頃には、僕と兜虫の間にはけっこうな距離ができていた。

このまま、兜虫の視界から外れることができれば――

「!!!」

兜虫が再び僕を視認した瞬間、体の後ろから炎を吹き出し始めた。

炎は次第に収束し、蒼炎へと化していき――

「――」

初速から亜音速を超えて、こちらに突撃してきた。

すっご。そんな加速の仕方あり？
こちらに高速で飛んでくる兜虫。
僕はタイミングを見計らって——跳躍。
僕が兜虫の突撃を紙一重で躱したことで、僕の下を兜虫が通過していく。
上手く位置を入れ替えられた。
僕が地面に着地する頃には、兜虫の姿は見えなくなっていた。
「………」
ま、あんな無茶な加速してたら、急に止まるなんてことできないよね。
兜虫が居なくなったことで、やっと一息つけるようになる。
僕は瑠菜さんの様子を確認する。
瑠菜さんは衝撃に耐えるようにギュッと目を瞑っていた。
見た所、怪我はしてない。
よし、大丈夫そうかな？　それじゃあ、このまま森の出口を探して——
「………」
また、ジェット音が聞こえてくる。
もう戻ってきたのかな？　兜虫。

なら、とっとと移動するに限る。

僕はすぐに移動するため、重心を落とし――止まった。

「――」

こっちに落ちる大きな影(かげ)。

その影を落とす正体は、その身から生える大きな翼を羽ばたかせ、僕達の上を通り過ぎていく。

僕は巨大な鳥が通り過ぎた方向――今まさに近付いてくる兜虫の方に目を向けた。

音速で向かってくる兜虫を視界に収めた瞬間、巨大な鳥は即(そく)降下。

見事、その身から生やした右足の爪(つめ)で兜虫を捕(と)らえてみせた。

百足の毒にも簡単に耐えた兜虫の甲殻(こうかく)に、軽々と突き刺(さ)さる鳥の爪。とんでもない豪脚(ごうきゃく)。

鳥の姿を改めて見やる。

人の十数倍はある体躯(たいく)。茶色がベースの羽毛(うもう)で身を包んだ、鷲(ワシ)のような化け物。体のあちこちから、一メートル程度の茶色みがかった半透明(はんとうめい)の水晶(すいしょう)を生やしている。鬣(たてがみ)、嘴(くちばし)、爪なんかはまんまクリスタルだ。まるで宝石で出来た鷲だな。

鷲の化け物は兜虫を捕らえた後、大きく旋回(せんかい)。どんどんと速度を上げていく。

次第に、嘴の先端(せんたん)から蒼(あお)色の火花が散るようになり、気付いた時には、蒼色の炎が鷲を覆うようになり――――

その幻想的な蒼色の鷲を確認した瞬間、鷲は一気に速度を上げ、僕の目でも負えない速度でこの場から去っていった。

「…………すごぉ……!」

■■■

――――時は華鏡院瑠菜と無倒屈止無が出会った所まで遡る。

【瑠菜視点】

突然、森を大きく破壊する衝撃が私の傍を通過した。

傍にいるだけなのに、これまで感じたことが無いほど強い風圧を受けた私は、いきなり何が起きたのかと混乱し、そして、その後に驚愕することになった。

衝撃によって破壊された森の惨状。それを見た時、私は、まるで飛行機が墜落して森を引きずった跡みたいだと思った。

もし、この破壊の通過する場所がもう少しズレていたら……。
胸の底に、冷たいものが溜まっていくような感覚。私は、この衝撃を作り出したものに恐怖していた。

「――――！」

遠くから足音⁉

何かがこちらに近付いてくるッ！

どうしようッ、どうしよう⁉　私は一体、どうすれば……！

「………ッ」

落ち着くのよ、華鏡院瑠菜。

焦っても仕方ないわ。それで事態は好転しない。

どうするのが一番良い？　逃げる？　どうやって？　あんな衝撃を作り出すような存在から逃げ切ることは可能⁇　そもそも、逃げることが最善なの⁇⁇

足音の正体は、破壊の跡の上をゆっくりと歩いてきている。音の聞こえてくる方角からして間違いない。

流石に、なんの準備も無しに、即、破壊の跡に近付いて、歩いてきているものと相対する気は無かった。だから、直前まで、歩いてきているものがどんな存在かも確認できない。

でも、衝撃を作り出した本人以外に、こんな警戒心なく、それも衝撃が通った直後に、破壊の跡を通れる存在がいる？　いえ、とてもいるとは思えない。だから、十中八九、こちらに歩いてきているのは、衝撃を作り出した本人で間違いない。

傍にいるだけであんなにも強い風圧を受けた。間違いなく、衝撃の直撃なんて受けたら、体がバラバラになる。逃げられるなら、絶対に逃げた方が良い。

でも、今から全力で走ったとして、あんな衝撃を生み出すような存在から逃げ切れる？逃げるという行動を選択した結果、相手に獲物と認識され、攻撃される可能性は？

なら、隠れる？　木々の陰から様子を窺ってみるのは？　相手が気配を探れない可能性に賭けて、隠れてみる？　でも、万が一、見つかったりでもしたら……『隠れた』という事実が相手の逆鱗に触れ、攻撃されるかも。

ちょっと待って。どうして、あの衝撃が私に対する攻撃ではない、と言い切れる？　たまたま外れてくれただけで、実は最初からあの衝撃は私を狙って放ったもの、という可能性も十分にあるじゃない。その可能性があるなら、隠れるなんて選択は取れない。

そもそも、あの衝撃はどうやって生み出したものなのかしら？　それによってもまた対応が変わってくるわ。先程の感じからして、私の傍を通過したのは『空気砲』とも言える空気の塊。でも、ある物体が超高速で移動した結果、生じた余波の可能性もある。というか、そもそも、生物単体があのような衝撃を生み出すことなんて可能なのかしら？

実は、この奥には誰かが秘密裏に建築した研究施設があって、さっきのはそこで開発された破壊兵器の実験だった……？　私が確認できなかっただけで、実は私の横を何かが通過していた、とか？　流石に、生物単体によって作り出された、なんて考えは飛躍し過ぎだったわね……。

……いえ、今はそういった『常識』で物事を考えるのはやめるべきだわ。こうなる前から私の常識では図りしれないことが起き続けているじゃない。だったら、私の知らない強大な存在がいる、という可能性も考慮しないと。

「………ッ」

駄目！　考えがまとまらない！

あまりにも考慮しなければならないことが多すぎる！　今の段階では、分からないことが多すぎ！

どうしようどうしようどうしよう！　もう足音はすぐ近くから聞こえてくる！　こんな状態で、こんな何も考えがまとまっていない状態で、どうすれば、どうすれば……！

「――――ッッッ」

半ばパニック状態。

勝手に可能性を増やして、勝手に混乱する始末。

自分で自分の首を絞めるとはまさにこのことだった。

そんな私の状態などお構いなしに、足音の正体は無慈悲に近付いてくる。

そして、次の瞬間、私の目に飛び込んできたのは——

「………え？」

「あ、どうも」

破壊の跡を歩いてきていたのは、一人の男性だった。彼は笑顔でこちらに挨拶をしてくる。

え……あ、あれ？　男……男の人⁉　人間⁉　じゃあ、この人がさっきの衝撃を……⁉

い、いえ、その考えは早計よ？　まだそうとは言い切れない……なんで裸？　不衛生でボサボサな黒髪以外、特に特徴は無い……こんな森の中で一人？　何をしているの？　というか「どうも」じゃ——。

落ち着け、落ち着きなさい、華鏡院瑠菜。今はそんなこと考えてる場合じゃないわ。すぐにどう返答するかを考えるべきよ。挨拶を返さなかったせいで攻撃されました、なんて洒落にならないもの。

でも、どう返答すべき？　相手がどんな存在でどんな立場にいるのかも分からないのに。

どう返す？　どう返すのが最善⁉　どうすれば一番良い方向に進む⁉⁉

初対面の相手。第一印象が大事。

最悪を考えるとして、彼があの衝撃を引き起こすような強大な力を持っていると仮定しましょう。私が取るべき行動は何？

謙るべき？　相手がこの森の中で絶対的な存在なら、この対応が正解。どんな暴君でも、最初から身を弁えた行動を取られれば、悪い気はしない筈。

でも、それだと「自分には貴方のような力は無い」と告白するようなもの。私が大した存在ではないと知られれば、その辺のゴミを振り払うかの如く、消される可能性がある。

なら、「自分には貴方に対抗する力がある」と誤認させるために、尊大な態度を取ってみるべき？　確かに、これなら相手に警戒心を植え付けられる。でも、そんな態度を取ったら、それこそ相手に敵意を持たれてしまう。

敵意は生まなくても、身の安全の保証には繋がらない。

だったら、普通に挨拶を返すのは？　見下されず、そして、敵意を生む可能性もさっきの選択肢より低い。普通に考えたら、これが無難な選択。

でも、もし相手がこの森の中でも絶対的な存在で、異常なほど大きな自尊心を持っていたら？　その場合、この普通の態度こそ、相手に反感を持たれる可能性がある。

……ッ、駄目、駄目よッ。こんな考え方じゃ、いつまで経っても答えなんて決まらない。私は相手のことを何も知らないのよ？　可能性の高低なんて考えるだけ無駄じゃない。どの可能性も平等にあるわ。

なら、私の対応は――

「……ッ」

唾を飲む。覚悟を決める。少しでも悔いの残らない選択を。

返答について考え始めて、ここまで一秒足らず。

覚悟を決め、私は髪を横に振り払う。

「どぉも。こんにちは」

胸を張り、脚が震えないよう踏ん張りながら、私はできる限り尊大な態度で返答をした。

情報が無い。対策しようが無い。なら、もうどれだけ考えても遅い。

ならば、せめて『華鏡院』の名に恥じぬ行動を。お父様の顔に泥を塗るような行為だけは、絶対にしないッ。何より――誰かに謙って終わるなんて絶対に嫌！　そんなの、私の誇りが許さないッ。

「……」

彼の表情は変わらない。変わらず、朗らかな笑みを浮かべている。だからこそ、彼の内

心を探りづらい。

でも、ここで怯んではせっかくの虚勢も台無しになってしまう。私もまた余裕の笑みを崩さないよう努めた。

汗が、頬を伝って滴り落ちる。

「……」

そして、目の前にいた彼は歩みを再開した。

…………え？

嘘でしょ⁉　まさかの無視⁉

「ちょ、ちょっと待って！」

「うん？」

あまりにも予想外な対応を取られたことで、私はつい彼を呼び止めてしまった。

私の声に反応して、彼は脚を止め、こちらを振り返る。

「……ッ」

し、しまった――。

なんて……なんて、軽率な行動をッ。

せっかく難を凌いだというのにッッ。

……。

切り替え……切り替えよッ。

やらかしてしまったものは仕方が無いわ。反省は後。

呼び止めてしまった以上、何か……何か、言わないと。呼び止めてしまったことですでに事態が悪化している可能性がある。ここで何も言わなければ、さらに悪化するのは必至。

せめて、少しでも事態が好転するような質問を。

今、彼に何を訊(き)くべきか。

「………ッ」

無知を晒(さら)すのは、相手に弱みを見せるのと同義。

それでも、ここのことを何も知らないまま、森を抜け出せるかしら？

ここで無知を晒すのと、何も知らないまま森を彷徨(さまよ)うの、どちらの方が危険か。

……考えるまでもないわ。

汗がまた、私の頬を伝って落ちる。

「実は……私、ここに足を踏み入れたはいいものの、細かな所で仕入れた情報と差異があるのよ。だから、もし貴方がよければだけど、この森について教えてもらえないかしら？」

完全な無知ではない、という嘘(ブラフ)を混ぜつつの質問。

でも、これで彼の行動を阻害したことに変わりなくなった。
これで、彼の大まかな人相が分かる。
どう来る？　どう動く？　次、彼はどんな行動を取る？
自分の心臓の鼓動が激しくなっているのを感じる。
また無意識に唾を飲み込んでしまう。
どうにか、どうにかして、この緊張を彼に悟られないようにしないと。
表面上では冷静を装いつつも、私の内心はめちゃくちゃになっていた。
彼から返事が来るまでの数秒。でも、この数秒が、過去、どの時間よりも長く感じる。
「……ッ」
彼が口を開く。
そして、彼の口から出た言葉は――
「いいよ」
簡潔で、シンプルな、了承の一言だった。
「――」
………はぁ。
気が抜けた。

一気に緊張から解放される。

決して態度には出さないけど、それでも、脱力感が凄い。

知らず知らずの内に力が入っていたみたい。

でも、ここまであっさり了承を貰えると、これまで深く考えていたのが少し馬鹿みたい。

……。

でも、まだ油断しては駄目よ。

「あ、ありがとう。私は瑠菜、貴方の名前は？」

私は『華鏡院』の姓を隠しながら名乗る。

会話を円滑に進めるためにも、名乗っておいた方が良い。

でも、流石に『華鏡院』の姓を出すのは憚られる。

これまで、私が『華鏡院』だと知った瞬間、私を利用しようとしてくる輩を何人も見てきた。この人がそういう人種ではない、という確証がどこにも無い以上、自己紹介は最低限にしておくべき。

「僕の名前は屈止無。よろしくね、瑠菜さん」

「クシナね、よろしく――」

そう会話しながら、違和感に気付く。

言葉が……通じている。

今更だけど……よくよく考えるとおかしいわよね、これ？

日本語を話している。ということは、ここは日本なの？

「……ねぇ、クシナ。早速だけど、ここがどこかから訊いてもいいかしら？　もしかしたら、私が来たいと思っていた場所と違う可能性があるのよ」

「うん、いいよ。と言っても――」

クシナが困ったように笑いながら頬を掻き始める。

「――僕も、ここがどこか詳しく分かってないんだけどね」

「……は？」

そんな彼の思いがけない言葉に、思わず私は呆けてしまった。

■■■

【瑠菜視点】

「………」

彼から詳しく話を聴いた後、私はしばらく言葉を発せなかった。

与えられた情報があまりにも予想の斜め上を行くものだったので、整理するのに時間がかかったからだ。

というか、こんな話を聴いて、すぐに受け入れられる者などいるのだろうか？

まず、この森の名前は『果ての災厄の森』。これは別にいい。ある程度の地名は記憶している私からしても聞いたことの無い名前だったけれど、地元民から正式名称とは別の呼び方をされている可能性は十分にあったから。記憶している中にも、地元民から『帰らずの森』とか『禁忌の森』とか呼ばれている場所はあった訳だし。だから、これはいい。

でも、それ以外が問題だった。まず最初の問題として、目の前の彼は記憶喪失だということが挙げられる。何故、自分がこの森にいるのか、森に来る以前は何をしていたのか、そのほとんどを思い出せないらしい。情報を欲している私からしたら、これは頭の痛い話だった。

次の問題は、彼が別の人間から仕入れたという情報だ。『スキル』だの『魔獣』だの『魔道具』だの、一体なんの冗談なのだろう？　もし、彼の話が本当だとしたら、ここは日本どころか地球ではない可能性まで出てくる。

つまりは、何？　私は、小説や漫画のように、異世界に迷い込んでしまったとでも言うの？

あまりにも現実離れし過ぎてる情報のせいで、混乱が酷くなる。

普段の私だったら「馬鹿馬鹿しい」と一蹴していたでしょう。でも、そうできないのは、ここに来る直前に起きた出来事のせいだ。

ありえない関節の動きで、ナイフを私の体に刺した男。校門前の多数の生徒に気付かれず、私の警戒すらも潜り抜けて、私の目の前に現れた男。そして、男に硬い物で殴られ、血を流しながら意識を失っていく感覚。多量の血液を流しながらも、強かった痛みが引いていくのと同時に、体の熱がどんどんと奪われていくあの感覚は、まさに『死』を思わせる感覚そのもので……生きている状態では決して覚えることの無い感覚を受けて、私は――。

「……ッ」

血の気が引いて、また吐瀉物が喉から込み上げてくるのをなんとか堪えながら、私は思考を切り替える。

ここが異世界かどうかは、今は重要ではないでしょう、華鏡院瑠菜。

最優先事項はこの森から無事に抜け出すこと。

彼の話の真偽は、どうせ森を進んでいる内に判別つくわ。今考えることではないわね。

現状、サバイバルに必要な装備も無く、この森について何も知らない私だけでは、生き残れない可能性が高い。

この森から抜けるには、それなりの期間、この森で生存しており、尚且つ、一度、この森から人を出してあげたと言う彼に協力を求めるのが最善。

その点で言えば、私よりも先に彼から『冒険者』と呼ばれる人達に出会った、という話が出て助かったと言える。

これが嘘でも本当でも、彼は私にこの話をした時点で、そのエピソードを本当にあったこととして話を進めなければならない。

彼の話によれば、『冒険者』と呼ばれる人達は、意図せず、突然、瞬間的にこの森へと移動した、ということらしい。

だから、私もその『冒険者』の言葉に便乗することで、この森にいる理由や、先程、私が語った嘘を誤魔化すことができる。おかげで、このことで彼の機嫌を損ねる心配は無くなった。

そして、彼の口から「他の人を護衛しながら森の外まで連れていった」という話も出たおかげで、条件次第では、彼は護衛を引き受けてくれる、ということにもなった。

問題はここから。彼の話によれば、その『冒険者』は彼に食料やサバイバルグッズ、情報等を提供してくれたらしい。つまり、彼にも護衛をするメリットがあった。

でも、私にはそれが無い。食料も便利なグッズも、情報すらも持っていない。

つまり私は、私の能力によって生み出せる利益だけで、彼を納得させないといけない。

ここからは賭け。彼に護衛の仕事を持ちかけつつ、語りながら、彼が求めることを探らないといけない。そして、彼に「護衛を受けることでメリットがある」と思わせる。でも、その上で、彼の機嫌を損ねるようなことがあってはならない。

「……………」

私の横を通り過ぎた衝撃は自分が発生させたものだと彼は言った。

何もそれを完全に鵜呑みにしている訳ではない。

でも、それでも、万が一、万が一がある。

万が一、彼には特別な力があって、さっきの衝撃も彼が発生させたものだとしたら、彼の機嫌を損ねた時点で私の命運は尽きる。

「……ッ」

無意識に唾を飲み込んでしまう。

分の悪い賭け。それでも、ここを越えなければ未来は無い。

……ならば、越えるだけよ。

私にはそれができるッ。

何故なら、私は――『華鏡院』なのだから！

私は口を開く。

「ねぇ、クシナ。物は相談なのだけれど」

「うん、何？」

「私が無事に森から出るのに、協力してはくれないかしら？」

「いいよ」

「ええ、そうよね。渋る気持ちも分かるわ。勿論、無報酬という訳じゃないの。私だってそれぐらいの――今、なんて？」

「いいよ、て言ったよ」

「…………そ、そぉ……ありがとう……？」

あ、あれ？ 了承、貰えた……？ 私、まだ、なんの条件も出していない……え、どういうこと⁇ なんで、どうして……ええ⁉︎

「……ッ」

何を、狙っているのだろう？ 何故、なんで……？ どうして、まだ、なんの条件も出していないのに‼

何かを警戒している？ 彼も、私と同じように、初対面の相手を警戒した？

それとも『華鏡院』が理由？　記憶喪失は嘘で、実は私が『華鏡院瑠菜』であることに気付い――――いや、流石にそれはないか。ない……わよね？

…………ッ、読めないッ、彼の考えがッ。後から条件を突き付けてくる訳でもないしッ。ずっとニコニコしているだけで、表情の変化がまるで無い。ここまで感情が見えないなんて……気味が悪いわね。

でも、どの道、すでに協力を仰いだ以上、私に彼の手を取らないという選択肢は無いわ。

「…………ッ、よろしくね……クシナ」

カラカラに渇いた喉が唾を欲し、またしても勝手に汗が頬を伝って滴り落ちる。

私は精一杯の虚勢を張って、彼に右手を伸ばした。

「うん、よろしく」

彼はその手をなんの躊躇も無く握ったのだった。

■■■

【瑠菜視点】

それで、今のこの状況な訳だけど……こんなのッ、馬鹿げてる！

まさか、彼の言ったことが全て本当だなんて、そんなのッ、分かる訳ないじゃない！

今でも、炸裂音や爆破音が周りから響いてくる。

彼に抱えられている私はほとんど目を開けることができない。彼があまりにも速く動くものだから、空気圧が凄くて、目も開けていられない。

なんなのよ……これ……？　なんなのよ……ここはぁ……！

「……ッ」

私は、状況が落ち着くまで、目を閉じてグッと堪えることしかできなかった。

□□□

【瑠菜視点】


あれからどれだけの時間が経ったのか。

「もう……大丈夫かな？」

クシナがやっと私の体を下ろす。

「…………はァ、ッ、ハッ」

そこで気付いた。彼に抱えられていた間、満足に呼吸すらできていなかったことに。

「はァ……はぁ……はぁ」

やっと、緊張状態から脱することができた。

おかげで、徐々に頭も回るようになってくる。

……ッ、なんなのよこれェ!! ここが異世界でないと言うのなら、どこが異世界だと言うの!?? こんな……こんなッ、馬鹿げたことが現実で起きるなんてッ……!!

「………ッッ」

彼に八つ当たりしたくなる気持ちをグッと抑える。

彼に怒鳴った所で仕方が無いわ。そもそも、彼は最初から真実を言っていた訳だし。

ここで怒鳴るのは愚者の行いよ。ここで彼に当たるのは筋違いだし、それで彼の機嫌を損ねでもしたら大変だもの。

「………」

そういえば、本当に今更ではあるけれど、彼が私をここに連れてきた張本人だっていう可能性もあったのよね。

まぁ、さっきまでの逃走でその線は完全に無くなった訳だけど。

はぁ……それにしたって、軽率だったと言わざるを得ないわね。

「えっとッ、とりあえず……ここは安全なのよね？」

一先ず、休む時間が欲しい私はその期待を込めて彼に問う。

しかし、そんな私の問いに対して、彼は――

「う～ん……」

唸りながら、眉間に皺を寄せていた。

「安全かどうかと訊かれると……確信を持って『はい』とは答えられないかな～」

そして、私の期待を裏切るような言葉を口にしたのだった。

「あ、でも、近くに獣が居ないのは間違いないよ。すぐにどうこうしなきゃいけないってことは無いから」

感情が態度に表れていたのだろう。

それで私の気持ちを察して、彼が言葉を付け足す。

私は、それを聴いて、思わず安堵の息を漏らしていた。

「ただ、安心はできないってだけ。僕の経験上、こういう獣の近付かない空間って、とんでもなく強い獣の住処なことが多いから。だから、いつでも動けるようにしといてね」

「……さっきまでのよりも、強い……？」

「うん」

彼はさも当然のようにそう言うが、私にはとてもじゃないけど信じられなかった。

だって、さっきまで私達を襲(おそ)ってきたどの生物も常軌(じょうき)を逸(いっ)していた。それなのに、さらに強い化け物がこの近くに潜(ひそ)んでいるなんて……ッ。

信じられないというより、信じたくないという気持ちの方が強かった。

「……どうして」

ふと、ある疑問が頭に浮かんだ。

「どうして、私を助けてくれるの……？」

今訊くべきことでないのは分かっている。

この問いのせいで相手の機嫌を損ねる可能性だってある。それで護衛の仕事を辞(や)められでもしたら、私は愚(おろ)か者(もの)だ。それも、分かってるッ。

でも、浮かんできてしまった。浮かんできて、その疑問で頭がいっぱいになってしまった。浮かんできてしまった以上、問わずにはいられなかった。

私の問いを受け、彼は頭を横に倒(たお)す。

「それは、瑠菜さんが守って、て言ったから」

「それはそうだけど！　そうじゃなくて……！」

私が訊きたいのはもっと根本的なもの。

私が居なければ、おそらく、彼はもっと楽に逃げられた。いや、彼の話が本当なら、あの化け物みたいな生物達とも彼は渡り合えるらしい。私という存在が完全に足枷になっている。

私が居なければ、彼はあんな危険な目に遭わずに済んだのだ。

それなのに、どうして、ここまで体を張って守ってくれるのか。

勝手なことを言っているのは分かってる。少なくとも、「守って欲しい」と頼んだ側がしていい思考ではない。

それでもッ……どうして、彼がここまでしてくれるのか、その理由が分からなくて……すごく――怖いッ。

「……とりあえず、この辺りを探ってみるね。もしかしたら安全な場所かもしれないし」

続く言葉が無いと見るや、彼は周囲の安全を確かめる提案をする。

私はそれに対して「はい」とも「いいえ」とも言わなかったが、彼は私の様子を見て、答えは返ってこない、と察したようで、すぐに探索に出ようと動き始める。

「……え？」

でも、彼はすぐに立ち止まることになった。

彼の声を聞いて、私は顔を上げる。

「――――」

そして、私も彼と同様に驚くことになった。

彼が伸ばした右腕、その先が消えている。いえ、見えなくなっている、と言うのが正しい？

彼は前方に腕を伸ばしていた。その先は何も無い空間だった筈なのに、何故か手首から先が綺麗に無くなっている。

他におかしな所と言えば、彼の手が消えている辺りから空間に波紋が広がっていることだろうか。まるで、目の前に見えない水面が広がっているみたいだ。

「なに……それ……」

「……分からない。調べてくるから、瑠菜さんはそこに居てよ」

そう言うと、彼は躊躇なく目の前の空間へと入り込んでいく。

「ちょ、ちょっと！」

彼は私の意見なんか聴かずに、居なくなってしまった。

おそらく、目の前には、見えている景色とは別の空間が広がっているのだろう。

カモフラージュされている？　カモフラージュなんていうレベルを超えているようにも

思えるけど。

目で確認できない空間が広がっているのなら、入って確かめればいい。それはそう。理屈ではその通りだ。

でも、普通、この先にどんな危険が待ち構えているかも分からないのに、躊躇なく入り込んでいける⁉

一体、彼の思考回路はどうなっているのか。

「………………キャッ⁉」

彼のせいで軽く混乱していたけれど、そんな思考も、次の瞬間には止まっていた。否、止められていた。

突然、見えない空間から、血のような真っ赤な液体が飛び出してきた。私の横に、けっこうな勢いで、多量に。

液体以外に細々とした何かも一緒に飛び出してきていた。あれは……肉片⁉

私がまた新たな混乱を生もう――としていた所で、

「――ビックリしたぁ。あれ、瑠菜さん？　良かったぁ、無事で」

………は？　はぁ⁇　……は⁇

さらに衝撃的な情報を、目の前の彼によって脳にぶち込まれた。

彼は今、液体が飛び散っていた場所の上に立っている。というか、飛んできた液体と肉片が一気に一箇所へと集まって、彼を形作った、というか。

いやいやいや。意味が分からない。

何これ？　え、どういうことなの⁉　一体、何が起こったの⁉⁉

私は驚きで動けなかった。

彼はそんな私になどお構いなしで。

「衝撃がこっちまで届いてない……？　まるで僕だけ弾き飛ばされたみたいだ。それに、狼が追撃を仕掛けてこないのも変だし……目の前のこれが、あの狼を閉じ込めてる？　狼の攻撃でさえ通さない、とか？　………ま、それはどうでもいっか」

彼は思案顔で何やらブツブツと言っていたが、少しするとこちらに笑みを向けてきて。

「瑠菜さん、どうやら、こっちに居る方が安全みたい。だから、瑠菜さんはここに居て。僕はこの中に居る狼を倒してくるから」

そう言って、また見えない空間の中に入っていく。

もう、何がなんだか分からない。

一体……一体ッ、なんなのよ‼

□□□

僕は、目の前の空間に入った瞬間、攻撃を受けていた。

攻撃したのは大きな狼。

僕が空間内に侵入(しんにゅう)した瞬間、狼(ソイツ)は攻撃を仕掛けてきた。

その狼の姿を見れたのは一瞬(いっしゅん)。狼(アイツ)は一瞬で僕に気付き、一瞬で移動して、僕に攻撃をしてきた。

とんでもない速度だ。おそらく、猿(さる)や犀(さい)、あの虎(とら)よりも速い。これまで出会ったどの獣よりも速い、最速の獣。

そんな獣が尻尾(しっぽ)で攻撃を仕掛けてきた。僕には避(よ)けようが無かった。

そして、これは空間の中に入って分かったことだけど、この空間の中には沢山(たくさん)の獣の気配があった。

つまり、この空間の中にも異常な強さを持った獣が群生しているということ。もしかしたら、僕を攻撃した狼と同等クラスの。

この中を瑠菜さんを抱えて横切るというのは非常に危険性(リスク)が高いと感じた。

でも、僕に『引き返す』という選択肢は無かった。

引き返せば、また僕は瑠菜さんを抱えて虫達と鬼ごっこをしなければならなくなる。

速度を制限しながら、あの物量を躱し続けられるかと訊かれれば、難しいと答えざる得ない。

危険な獣が群生している空間を横切る。速度を落とした状態で虫の群れを躱し続ける。

どちらも厳しい道だ。なら、僕は空間を横切る方を選択する。

先程、分かったことだけど、どうやら、あの狼は空間の外には出れないようだった。

空間の外に尻尾も衝撃も出ていないし、獲物が空間に入った瞬間、すぐ攻撃を仕掛けてくるほど好戦的なのに、空間の外まで追撃してこない。明らかにおかしい。

獣は空間の外には出れない、と考えるのが自然だ。そして、それは、獣がくり出した攻撃にも適用されるらしい。

それが狼だけなのか、他の獣にも適用されるのかは分からない。でも、空間の外には一切獣の気配を感じなかったことから、他の獣にも適用される可能性の方が高そうだ。

なら、先に僕が空間の中に入って、獣を全滅させてから、瑠菜さんを抱えて横切った方が、より彼女の安全を確保できる。

もう僕の『戦う』という選択を邪魔する理由は存在しなかった。

空間の中に入る。

「グルルルゥ……！」

案の定、目の前には僕を攻撃してきた巨狼が待ち構えていた。

とても大きな体だ。体高が僕の身長の倍……いや、三倍はあるだろうか？　余程、血管が太いのか、皮膚の上からでも全身の血管が浮き出て見える。

灰色の巨狼。涎をダラダラと垂らしながら、歯茎が見えるほど大きく口角を上げ唸り、血走った目でこちらを見ている。

僕を殺したくて仕方が無いというのが伝わってくる。

「いいよ」

その獣の殺意に応えるように、僕は笑みを浮かべた。

「やろっか」

その言葉が獣に伝わったのかは分からない。

でも、僕がそう言った瞬間――――

「ガアアァアァアアアアアアアア!!!!」

獣が吠えながらこちらに向かってきた。

初速からすでに異次元の速さ。僕は為す術なく左腕を肩ごともっていかれる。強靭な顎からくり出される噛み付き攻撃。

狼の歯と歯が噛み合った瞬間、甲高い音が周りに響く。どれもかなりの速さで行われたものだから、衝撃が風となって、結構な勢いで辺りに吹き荒れた。

「…………」

痛いッ、けどぉ……！　痛いだけだ。

僕の左腕はすぐに再生される。

噛み付きとはいえ、凄い速さで攻撃されたものだから、僕の重心は後ろに傾いていた。

都合がいい。

それを利用して、再生したばかりの腕で、攻撃した後で隙だらけの狼の横っ腹を殴る！

「キャイン！」

一瞬で狼の姿が見えなくなった。

これまで、様々な獣によって何度も壊されてきた僕の体。壊される度に異常な速さで再生して強くなってきた僕の体は、最早、空間を殴るだけで大きな衝撃波が起こせるまでになっていた。

そんな異常な膂力で殴られたのだ、一気に姿が見えなくなるほど遠くまで吹き飛ばされても不思議じゃない。

でも、それとは別に、僕は驚いていた。

今や、僕の力は、圧倒的な硬度を誇る化け物犀までも拳一つで落命させられるほどだ。

それなのに、あの狼は、吹き飛ばされはしたものの、全く体が千切れなかった。

硬い、て感じじゃない。異常なほど靱やかと言うか。

「……」

いいね。

虎よりも速くて、犀よりも耐久力がある。

僕の口角は自然と吊り上がっていた。

僕は右脚を後ろに引き、重心を落とす。

一瞬、脱力。

次の瞬間、瞬発的に力を込め、僕は前方へと駆け出していた。

踏まれた大地が割れ、衝撃が強い風となって辺りに散る。大地という名の支えを失った周りの木々がどんどんと倒れていく。

異常な脚力による加速は、音速を超えさせ、周りの音を置き去りにしていく。

環境への影響など気にせず、僕は狼の下へと向かった。

「――――!」

こっちから向かおうとしていた所で、狼もまたこちらへ距離を詰めてきていた。

不意に目の前に現れた狼に反応できず、僕はまた狼の攻撃を許した。

こちらに近付きながら回転し、くり出してきた尻尾攻撃（テール・アタック）。

それにより、僕の体は破壊（はかい）され、左へと吹き飛んでいく。

狼の攻撃による余波が、僕の吹き飛ばされた方へと向かっていく。進行方向下にある地面は大きく抉（えぐ）られ、木々は粉々になり、草花は塵（ちり）と化す。

狼は、約二キロ先まで、森を何も無い荒れ地（あれち）へと変化させたのだった。

狼の攻撃の手はそれだけで緩（ゆる）まない。

僕は吹き飛ばされた先で再生を終えていた。そこに、狼が音速を超えて迫（せま）ってくる。

狼（ヤツ）は僕を視認（しにん）すると、僕の手前で強く前脚（まえあし）で地面を踏み、斜（なな）め前（まえ）に跳躍（ちょうやく）。

空中で体勢を整え、地面に落下すると同時に、右前脚でこちらを踏み付けてきた。

最早、地面を殴ったと言っても過言ではないその一撃（いちげき）は、僕を潰（つぶ）すと地面を大きく砕（くだ）き、発生させた攻撃の余波で周りにあった何もかもを吹き飛ばし、多量の土煙（つちけむり）を上げた。

ただの踏み付けがなんて威力（いりょく）だ……！

土煙が晴れると、狼を中心に半径五十メートルくらいのクレーターができあがっていた。

「はは！」

僕は狼の背後、クレーターより少し外側で再生を終えていた。

再生を終えてから、すぐに狼へと突っ込む。

突っ込む勢いを利用して、右ストレート。

「――――！」

狼が……跳んだ⁉

僕の拳は空を殴り、ぶつかる場所を失った力は衝撃波となって森を破壊していく。

狼はバックステップの要領で僕の頭上へと跳び上がり、攻撃を回避してみせたのだ。

死角からの攻撃だったのに……。

空中へと移動した狼はそのまま右前脚を振るう。

音速で振るわれた爪はそのまま風の刃を作り出し、地面に三本の深い傷を付けた。

当然、そこに居た僕も巻き込まれて、風の刃の一つに体を二つに裂かれてしまう。

風の刃を生み出した狼は、その反動で着地点がズレて、僕の背後ではなく右側へと着地。

着地した狼はすぐに体勢を整えて、大きく息を吸い始める。

瞬く間に狼の腹部が膨張。

この一瞬で体が変化するほどの空気を吸い込むとか、どんな肺活量をしてるんだ……！

狼の腹部膨張と共に、僕は再生を終えていた。

再生を終えた僕は狼から目が離せなかった。

顔を見たり触ったりして確かめた訳じゃないけど……多分、僕は笑ってるんだろうな。

「ワアオ゙オ゙オ゙オ゙オ゙オ゙オ゙オ゙オ゙ン!!!!」

狼がその大きな口を開く。

瞬間、過剰に吸い込まれ、圧縮された膨大な空気が解放された。

まるで空気のバズーカ。それも、超巨大なバズーカ。

僕なんか軽々飲み込むほどの強大な破壊の風は、何に当たろうとも止まることはなく突き進み、文字通り飲み込んだもの全てを粉と化した。

破壊の風は空間の境目にぶつかるまで突き進んだ。

どうやら、この凶悪な風でさえ、この空間からは抜けられないらしい。

例外の僕だけは血だけの存在となって空間の外へと吐き出された。

絵の具を塗るかの如く、辺りの木々に飛び散る僕の血液。

それらはすぐに一点へと集まり、僕という人の形を作った。

再生を終えた僕がまず行ったことは――

「………」

笑うことだった。

あぁクソッ、楽しいなぁ……！

さっきから心臓の鼓動がうるさい。馬鹿みたいに速く打っている。

そうだよ……！　これだよ……！　これでいいんだよ……！　これこそが……これこそが ッ、僕の求めた――

「……」

さらに僕は笑みを深める。

再び、僕は右脚を後ろに引き、重心を下げて――脱力。

もっとだ……もっと、もっとッ、もっとやろう！

僕は突撃を開始した。

音速を超えた状態で空間内へと戻り、先程と同じ場所に居た狼と距離を詰める。

突然、空間内へと戻った僕に、狼は大きく目を見張った。

そうやって硬直している狼の懐に潜り込み、狼の腹を拳で殴り上げる。

「キュウウゥン!?」

狼はその大きな体をくの字に曲げると、けっこうな速さで空中へと飛ばされた。

狼を追うように、その場で両膝を曲げ、両腕を後ろに大きく振り切る。

そして、跳躍。

「ギャン!??」

一瞬で狼へと追い付き、狼のその左頬を蹴り飛ばしてやった。

蹴られた狼は弾丸のように直線的に地面へと吹き飛んでいく。

狼が地面とぶつかった瞬間、それなりの量の土が舞い上がった。

まだまだまだぁ……！

追撃の手は緩めない。

空中にいながら、僕はまた膝を曲げる。

そして、その場で勢いよく脚を伸ばした。

異常な速度で脚を動かしたことで、その場に衝撃が発生し、衝撃の生み出した反動で僕の体が狼へと突っ込んでいく。

「————ッッッ!!!」

突っ込む勢いを利用して、狼の腹に今度こそ右の拳をお見舞いしてやった。

「キュウウウゥゥウウウン!!!!」

拳から確かな感触が伝わってくる。

衝撃が狼の体を突き抜け、地面にも伝播する。

狼を中心に地面が粉々に砕け、陥没し————。

破壊の波が辺り一帯に広がっていった。

「…………」

連続で三発。

どれも狼の体にきちんと入った。

骨を砕いた感触も、拳からきちんと伝わってる。

でも、この狼は、それでも、

「――――!?」

狼がその場で、凄い速さで何重もの横回転を行う。

そのせいで、狼の上に立っていた僕は右に飛ばされてしまった。

僕を引き剥がした狼は、それを確認した瞬間、すぐに体勢を整え、

「――――ッ！」

横っ腹でタックルしてきた。

それに当たった僕は弾丸のように吹き飛び、数多の木々を砕いて、かなり遠くまで飛ばされてしまう。

おかげで、僕の体はボロボロだ。まぁ、すぐ治るんだけど。

「……」

骨を砕いて、口から血まで吐かせたのにあの動き。

普通ならもう勝負が決まってもおかしくない怪我なんだけどなぁ。

でも、そうはならなかった――どころか、動作性能を落とす兆しすら見せない。

最初に拳を一発入れた時から感じていたことだけど……やっぱりそうだ。

この狼は、僕と同じだ。

僕と同じくらいの速度で再生してるんだ。

僕みたいに、粉々になってからも再生できるかは分からないけど、再生速度だけで見たら僕と遜色ない。

じゃなきゃ、攻撃を食らった後でもあんな動きができることに説明がつかない。

「――――ハッ」

思わず笑みが溢れてしまう。

「グルルルルぅぅぅ!!!」

狼も、あんなタックルで僕が力尽きるとは思っていなかったのだろう。

吹っ飛ばされた僕の方に走ってきて、目を血走らせながら跳躍し、また爪を僕の方に振るってきた。

□□□

あれからどれくらいの時間が経ったただろう。

気が付けば、もう日が暮れかけていた。

「……………ん？」

そろそろ瑠菜さんの様子を見に行かないとなぁ。

そんなことを考えながら、僕は目の前の狼と戦っていた。

これまで、僕達は休むことなく戦闘を続けている。

あれから幾度となく壊された僕の体。おかげで、大分、肉体が強化された。戦い始める前より狼に攻撃を当てられる機会が多くなった。まぁ、攻撃を当てた所で、狼も同じように再生するんだけど。

ただ、誤算だったのは、狼は再生しても強くなることが無かったことだろうか。おかげで、徐々に狼との戦力差が埋まっている気がする。

戦ってみて、この狼の実力は、ある程度、把握できた。

これまで戦ってきた獣の中でも、速度は文句なしの一位。耐久力という面でも、やはり、この狼が一位かな。

でも、攻撃力という面では、あの虎や犀に一歩及ばない。まぁ、この狼は純粋な肉体能力だけで戦っているのに対し、虎は風を、犀は熱等も扱っていたから、そう感じるのかもしれない。

危機感知という面でも、狼は虎に劣る。虎は戦闘中、ほとんど隙など見せなかったのに対し、この狼は割と隙が多い。

それらを総合して考えると、狼の強さは虎に次いで二番目といった感じだろうか。

ふふふ、あぁ……凄いなぁ。

「があああぁぁぁぁぁぁ!!!!」

狼が大口を開けてこちらに噛み付こうとしてくる。

僕はそれを左斜め下に屈んで回避。

「ちょっとごめんね、すぐに戻るから」

言葉が伝わる筈もないのに、そんなことを言って、僕は戦線を離脱し始めた。狼が攻撃を仕掛けてきた方向とは、丁度、逆方向に、全速力で駆ける。

当然、それを許す狼ではなく。

「ぐるぅあぁぁぁぁぁぁ!!!!」

虎もまた全速力でこちらを追ってきた。

「――」

そうなるだろうなって思ってたんだ。

だから――

僕は笑みを浮かべながら一時反転。

走って付けた勢いを右脚で殺しながら、狼の方に振り向く。

そして、あらかじめ引いておいた右の拳を、

「がぁぁぁぁぁ!!!」

こちらに迫ってくる狼に向けて、

「――ッ！」

放つ！

「――」

あ……。

読まれてた。

僕の拳が届く前に、狼は前脚で横に跳び、回避する。

そして、空を殴った僕の拳が激しい衝撃を飛ばしているのも構わず、狼は右前脚の爪でこちらを裂いてきた。

僕の体が四つに分けられる。それでも止まらない破壊の余波が地面にぶつかり、痛々し

い傷を三本、深々と刻み付けた。

僕はその場で即時再生。

「まったくもうさぁ！」

そうやって悪態をつきながらも、僕の顔は笑っていた。

すぐに狼の頬を殴る。

狼の骨が陥没する感触を味わいながら、僕は腕を振り切る。

すぐに狼は僕の目に見えない所まで吹き飛ばされていった。

「離脱くらい素直にさせてよ」

僕と狼の間に距離ができる。

この機を逃さず、僕は全速力でこの空間から出た。

□□□

瑠菜さんの様子を見に行く前に、以前、リスが拾って持ってきてくれた木の実を探して、いくつか採取しておいた。

その際に、死体を発見したので、ローブを拝借したりもして。

瑠菜さんの所に走って向かう。

「お、居た」

「…………え？」

割とすぐに見つかった。

彼女は一本の木の近くに腰を下ろしていた。体操座りの状態で、顔を伏せて。

声をかけると、ゆっくりと頭を上げ、こちらの姿を目にした瞬間、大きく目を見開いた。

僕は周りを確認する。特に破壊の痕跡は無し、と。

「無事そうで何よりだよ」

どうやら、僕の予想通り、獣達はここら一帯には足を踏み入れないらしい。

「あ、貴方、どうして……というか、今まで一体何を――」

「獣と戦ってたんだよ。あ、マジューって言った方がいいかな？　それが空間の中にいっぱい居てさ。迂回しても良かったんだけど、この空間、けっこう広そうだし、またどこで虫と出くわすか分からないからさ。安全を考えたら、空間の中のマジューを全部倒してから、空間を横切る方が良いと思って。それを実行してた」

「――。それを、これまで、ずっと……？」

「うん」

瑠菜さんが信じられないと言うような顔をする。

僕はそんな彼女に構わず、持ってきた三つの木の実を差し出した。

「はい、これ」

「……これは？」

彼女は座ったまま、膝の前で両手で皿を作る。

そこに僕は持ってきた木の実を置いた。

「唯一、僕が知ってる、この森の中で食べられる木の実。何も食べないよりはマシかなって」

彼女は置かれた木の実を不思議そうに眺めている。

「……どうして？」

と、彼女は唐突に、そんなことを訊いてきた。

「どうして、ここまでしてくれるの……？」

「……？」

さっきも訊かれた質問だな。

何を言ってるんだろ？

「瑠菜さんが護衛を頼んだからだよ」

「ち、ちがッ、そうじゃなくて！」

「……？」

僕は首を傾げる。

「だって、貴方は……だって貴方は！　貴方一人なら！　あぁも苦労しなくて済んだ……。虫の群れからももっと簡単に逃げられただろうし、なんなら倒せて……私の護衛が無ければ、こんな所まで来る必要も無かった！　私が居なければ、貴方が結界に入ることも無かったし、あんな痛い思いも、しなくて済んだじゃない！」

「……けっかい？」

聞き慣れない言葉だ。

なんなんだろ……『けっかい』て。

流れからして、後ろに広がっている空間の名前のことなのかな？

でも、どうやら、瑠菜さんには、僕の疑問が聞こえてなかったようで。

「どうして……どうして、ここまでしてくれるの？」

そう、質問の続きをしてきた。

「……」

どうして、て言われても。

僕には「瑠菜さんに頼まれたから」以外の答えは無い。

でも、聴きたいのはこの答えじゃないらしい。

瑠菜さんは縋るような目でこちらを見ている。

一体、瑠菜さんはどんな答えを求めてるんだ？

「……ちょっと、分かんないかな」

どんな答えを求められているのか、考えても分からなかったので、正直にそう答えた。

「瑠菜さんは何を訊いてるの？　僕は瑠菜さんに頼まれたから護衛をしている。それ以上の答えは無いよ。ごめんね、意図を理解できなくて」

「…………え」

僕の答えを聴くと、瑠菜さんの瞳孔が揺れた。

瑠菜さんの表情が変わる。でも、僕はこの表情が何を意味するのかを知らない。

分からないことだらけだ。

「………」

瑠菜さんは、表情を変えることなく、こちらを見続けている。

何も続きを話さないな。

……もしかして、これで話は終わりかな？

「もう、質問は大丈夫？」

「……え？　あ、うん……ぁっ」

瑠菜さんに質問しても、返ってきたのは曖昧な返事だけ。

それでも、肯定の言葉は聞こえた。

よし。

「それじゃあ、僕はまた空間の中に戻るよ。まだ獣を倒せてないからね。空間内の獣を全部倒すの、けっこう時間がかかるかも」

「え？　え、えっとッ……」

「見た感じ、やっぱりここは安全そうだから、瑠菜さんはここに居て。なるべく早く終わるよう頑張るから」

「あ、ぁ……うん……」

「それじゃあ、行ってくるね」

僕は彼女に笑みを見せ、再び空間の中に戻っていった。

□□□

あれからさらにどれだけ時間が経っただろう。

少なくとも、もう二日は経っている。

あれからも何度も空間の中と外を行き来した。瑠菜さんに木の実を届けるために。

それでも、外から中に戻った時は、必ず目の前にこの狼が現れ、僕を攻撃してきた。

もう何度も攻撃を当てているというのに、この狼は決して倒れない。すぐに傷を治して僕に向かってくる。本当、頑丈だなコイツ。

まぁ、それは僕にも言えることか。

僕が狼に何度も攻撃しているように、狼の攻撃もまた何度も僕に当たっていた。

攻撃が当たったそばから治していく。お互い、体力が減っているような素振りすら見せない。

僕は元より、狼ですら肉弾戦以外仕掛けてこないから、完全な膠着状態。戦いが終わる兆しすら見えない。

でも、それは、僕にとって大した問題ではなかった。むしろ、最高と言っていい。

僕も狼も本気で戦い合っている。相手の命を奪おうと全力で攻撃し合っている。

持てる力の全てのぶつかり合い。これ以上の解放感を僕は知らない。

これ以上の愉悦を、悦楽を、快感を、愉楽を、僕は知らないッ。

心臓の躍動を感じる。

全細胞が喝采を上げている。

溢れる感情が僕の脳を犯す。

最高で最上で最大で最良な時間ッ。

あぁ……これだよ、これ。この素晴らしき時間こそ、僕の求める時間。

この瞬間のために僕は居る。

僕という存在が解放されるこの時間こそが、僕の生き甲斐であり、生きる意味!

そんな時間を二日間も続けさせてくれたこの狼には感謝しかない。

ここまで長いこと戦ってくれる相手はいなかった。

僕は完全に食物連鎖の枠外にいる。最強と言うつもりは無い。ただ、死なない。その一点だけで、僕は自然界の摂理に反してると言っていい。

しかも、再生する度に強くなるのだから、相手から見たら、僕は酷くふざけた存在と言えるだろう。

それなのに、この狼は二日間も粘ってみせた。徐々に僕の強化の程度が落ちているとはいえ、攻撃を緩めることはなかったのに、この狼は二日間も耐えてみせた。

これほど素晴らしい相手はいなかった。

耐久力、その点で言えば、どの獣とも一線を画する。——別格だ。

あぁ……本当に本当に、本当に本当にッ、最ッ高！

……でも、悲しきことに、終わりは近いみたいだ。

何故(なぜ)なら——

「はははッ！」

狼の左頬を右の拳で殴り、狼の巨体(きょたい)ごと吹き飛ばす。

巨狼が森を破壊しながら何百メートルも飛んでいく。

殴られたことで顎の骨が砕けた狼だったが、すぐに再生し、吹き飛ばされた勢いを殺そうと四本の脚で地面を引きずる。

しかし、完全に勢いが殺される前に僕が狼に追い付き、狼が体勢を整える前に、今度は狼の右頬を殴ってまた吹き飛ばした。

またしても砕かれた頬を再生し、勢いを殺そうとする狼だったが、その狼に僕は追い付き、またまた殴り飛ばす。

勢いを殺させない。

体勢を立て直せない狼は僕にやられるがままだ。

そんなやり取りが何度も続く。

だけど、流石にこう何度も同じ方法で殴られるのは我慢ならなかったようで、吹き飛ばされるのがもう何度目かになろうとした所で、狼は吹き飛ばされた勢いを殺そうとはせず、身を捩り、空中で体勢を立て直して、接近していた僕の方に目線を向ける。

狼は吹き飛ばされている状態で両前脚を振り、僕の体を引き裂こうとした。

でも、そんな破れかぶれの攻撃は僕には通じない。

僕は狼から見て右下の方に潜り込み、爪を躱す。空を切った爪が不可視の斬撃を飛ばして、地面に傷を刻み付けた。

攻撃を躱した所ですぐに追撃。狼の右脇腹を右の拳で殴り飛ばす。狼が攻撃をくり出してすぐに行われた攻撃のため、空中にいる狼は勿論躱せない。

またしても銃弾のように吹っ飛んでいく狼。

またさっきの繰り返しだ。狼を殴って吹き飛ばしては追い付き、また殴って吹き飛ばしては追い付き。

しかし、今度はさっきと違って、殴って追い付くまでの時間を短くしていく。

どんどんと時間を短くしていったことで、遂には体勢を立て直す余裕すら無くなった狼は僕にされるがままとなってしまった。

ただただ殴られ吹き飛ばされるだけの存在。なまじ回復力があるせいで、他の獣よりも多く殴られなければいけない。

でも、手心なんて加えないよ。このまま一気に押(お)し切ってやるッ！

圧倒的優位性。それによって得られる快感のせいで、僕の口が三日月型に大きく歪(ゆが)む。

このまま殴って――

当然、殴られたそばからすぐに再生を行う狼の身体。

しかし、僕が殴るまでの時間を短くしたせいで、狼が傷を完治させる速さより、僕が攻撃を重ねる速度の方が上回ってきた。

徐々に、本当に徐々にだが、狼の傷が増えていく。

それは、まさしく、戦闘の終わりが近付いている証拠で。

終わりが近付いていることに一抹の悲しさを覚える。

けれど、それ以上に、狼を殴り殺した時に得られる快感はどれほどのものなのか、その期待を感じ。

攻撃の手を緩めるどころか激しくしながら、僕は狼と向き合い続けた。

それは狼を何度殴った時のことだろう。

「────！」

あづッ。

狼を殴った右の拳から、これまでとは違った刺激を受け取った。

それで、僕は一度、動きを止める。

刺激を受け取ってすぐ、右の拳に視線をやった。

僕のスキル【超速再生】のおかげで、すでに拳の異常はほとんど解消されていたが、確かに、右の拳に火傷の痕があった。

なんで……？

何故、僕の拳が火傷を負ったのか───その答えはすぐに分かった。

僕が殴っていたものは一つしかない。

なのに、拳に火傷を負ったということは、それは——

狼の体温が上昇している。

その答えに辿り着いた時、思わず笑みが溢れた。

僕は狼の方に視線を向ける。

僕が攻撃を一時中断したことで、狼の傷は完治していた。いつの間に距離を詰めたのか、僕の五十メートル付近に狼は居る。もう急いで距離を詰める気は無いのか、ゆっくりと歩きながらこちらに近付いてきていた。

先程とは様相が変わっており、全身が赤熱している。余程、高温なのだろう。狼の近くにある草花や木々は燃え上がり、狼の全身からは湯気が立ち昇っている。狼自身、今にも沸騰したっておかしくない。

もう、口から涎は垂らしていない。これでもかというほど強く歯を合わせながら、こちらに牙を剥く。

すごい温度だな。殴るのに夢中で気付かなかった。離れているのに、こっちまで熱が伝わってくる。

あ～……いいねぇ。本当、本当にッ……最高だよ！

僕は強く地面を踏み込む。

そして、再び攻撃をくり出そう――――とした所で、

世界が光に包まれた。

□□□

この時、何が起こったのか、屈止無は当分、知ることは無いだろう。

屈止無が戦っていた巨狼(きょろう)――――『根源なる獣』フェルネイア、かの獣は世界中の植物を荒(あ)らし、貪(むさぼ)り食うために生み出された災害だった。

世界中の植物と敵対するが故(ゆえ)に、世界の限界に迫る力を与(あた)えられて生み出された神の眷(けん)属(ぞく)、それが『根源なる獣』。

フェルネイアの力は至って単純(シンプル)。純粋な身体能力。

力だけで世界中の植物と敵対できるよう生み出された一体。故に、その力も、耐久力(たいきゅうりょく)も、再生能力も、他の獣に比べてズバ抜けていた。

今回、起こった爆発(ばくはつ)は、そのフェルネイアの〝切り札〟とも呼べるものだ。

フェルネイアは、動けば動くほど、体温を上げ、自らの身体能力を上昇させていく。

そして、体温が一定にまで達すると、かの獣は動けなくなる。熱が体内にこもりすぎて、身体に異常をきたすからだ。

それでも、フェルネイアの体温は下がらない。尚も上昇を続けていく。

そして、ある温度を超えた所で――


フェルネイアは〝光の速度〟を手にする。


本来、質量を持つ物体は光に限りなく近い速度に達することはできても、光と同等の速度を手にすることはできない。

手にしてしまったら、簡単にエネルギーの均衡が崩れ、世界を破壊してしまうからだ。

故に、世界を創造・管理する者達はあの手この手を使って質量を持つものに制限をかけ、質量を持つ物体が光の速度に達することのできない法則を世界に敷いた。


だがしかし、『根源なる獣』一体一体には、その法則を食い破るための『権能』が与えられている。本来、与えられる筈の無い、持つことすらできない筈の力。それが今回のフエルネイアの〝切り札〟と呼べるものであり、『権能』だ。

世界という緻密に創られたプログラムの穴を突くのだ。勿論、簡単ではない。

しかし、世界を管理するのが『神』であれば、『根源なる獣』を産み落としたのもまた『神』である。

世界を守るために能力を行使する神が、世界を壊すために能力を使った。同じ能力を持つ者同士がぶつかり合うことによって生じた矛盾。『権能』とは、その矛盾により生まれたもの。

本来、与えられる筈の無い力を持ったのは、その矛盾故だ。


フェルネイアの『権能』は【瞬発力】。〝光の速度〟に達することのできる【瞬発力】。

あらゆる法則が世界を守るために作用するが故に、自分の命を燃やすことでしか発動できない『権能』――――それを発動。

今回、フェルネイアが行ったことは、ただ動いた、それだけ。

屈止無の眼前から背後へ移動した、それだけだ。

しかし、ただそれだけの行為が『権能』によって最悪と化す。

もし、何にも邪魔されずにこの『権能』が発動された場合、どうなるか――――簡単だ、世界は滅びる。

権能により〝光の速度〟を手にしたフェルネイアの細胞は、空気中の原子と核融合し、大爆発を引き起こす。

地球という星で確認されている最大の爆弾、ツァーリ・ボンバ。とある地域で行われた実験では、半分の威力に制限しても原爆の約三千倍の威力の爆発を起こし、発生した衝撃波は地球を三周したと言う。

〝光の速度〟に限りなく近い〝亜光速〟で動いただけでも、そのツァーリ・ボンバの十倍の威力はある爆発を引き起こす。

それが完全なる〝光の速度〟によって引き起こされたとすれば――どれほどの規模の爆発になるか、想像もつかない。まず間違いなく、世界は滅びる。

星は焦土と化す――どころか、塵と化し、果てに光すらも飲み込むブラックホールを創り出す。

計測できるエネルギーのみで考えてもこれほどの被害が出る訳だが――これは世界に敷かれている法則すらも破っている。強力な力で敷かれているそれを無理やり破っているのだから、それ故に計測できない力による被害もまた出てくる。

世界は、世界のルールによって様々なエネルギーを制限し、絶妙に混在させ、均衡を保っている。

質量を持つ物体が〝光の速度〟を持つというのは、そのルールに穴を空ける行為に等しい。

穴を空ければ、その穴によってエネルギーの制限が取り払われ、世界の均衡は失われる。

均衡を失った世界がどうなるか――あらゆるエネルギーが暴走し、他世界すらも巻き込む超大爆発を引き起こすのだ。

故に、世界の管理者たる『神』は万が一に備え、法則を破る力が働いた場合の対処も創る。

世界の法則を破る力が働いた場合、その周囲の空間を隔離・切断。その空間のみ、一時的に別世界へと変化させる。

そして、その別世界が崩壊した後、法則によって均衡が保てる程度の影響を残し、崩壊した空間に再び世界の穴を埋める新しい空間を再構築する。

何が行われるか簡単に説明すると、法則を超える力が働いた瞬間、その力が働いた空間を切り取り、破壊させて、再びその空間に新しい世界を創る、という訳だ。

世界の管理者たる『神』は、これが自動で行われるよう、世界のルール――『世界の言の葉』に組み込んでいるのだ。

そういう諸々により、今回、フェルネイアが〝光の速度〟を得た瞬間、フェルネイアを中心とする半径一キロの空間が消滅した。

フェルネイアが〝光の速度〟に達した瞬間、その空間のみ切り取られ、別世界となったため、それ以外の空間にはなんの影響も及ばず。

一度、何もかもが無くなり、ブラックホール形成の兆しを見せた後、全て無かったことになったかのようにブラックホールの元が消失し、元素が創られ、地面が形成され、空間が繋がった。

一度、消滅した空間は、核爆発の後のように放射線濃度が高くなっており。

完全に死した大地が、その場にはできあがっていた。

□□□

何？　なんだ⁉︎　何が起こったんだ⁉︎⁉︎

いきなり眩い光によって目潰しされたと思ったら、次の瞬間には見知らぬ空間が広がっていた。

あんなにあった植物達は完全に姿を消し、荒れた土地だけが残っている。晴天、雲も無くなり、大地以外の全てが綺麗に消し飛んでいる。

消し飛んだのは、どうやら僕も例外ではないらしい。一から再生を始めているのがいい証拠だ。

あの一瞬で何かが起きた。おそらく、爆発。

ここら一帯を吹き飛ばす大きな爆発が起きた。

でも、僕にはそれが確認できなかった。何が起こったのかまるで分からなかった。

僕の動体視力でも追えないって……一体、何が起こったんだ……？

おかしなことはそれだけじゃない。

いつもなら、どんな傷を負った所で、すぐに再生する僕の体。

なのに、今回の傷はいつまで経っても回復しない。

いや、厳密には回復しないのではなく、回復しきれないと言うのが正しいかな。

無の状態から人の形を作るまでは再生した。だから、一応、再生能力は働いている。

でも、再生した瞬間から体が崩れていく。肌も黒いまま。再生しては崩れて再生しては崩れての繰り返し。——明らかに異常。

近くに狼の姿は見えない。

狼も爆発に巻き込まれた？　ということは、今の爆発は狼が引き起こした訳じゃない？

狼は死んだのか？　それとも、狼は爆発が起きることが分かっていて、いち早く逃げた？

もう本当、何がなんだか……。


「……」


駄目だ、分からない。

考えても無駄かな、これは。

とにもかくにも、体が崩れるのを止められないから、動けない。

どうすることもできない。大人しく、変化が起きるまで待つしかないかなぁ、これは。

さて、動けるようになるのはいつになることやら……。


「おいおいマジかよぉ～⁉」


え？

声が聞こえた。

けっこう近くだ。僕の後ろ側から。

誰(だれ)だろ……？

「フェルネイアの自爆特攻(じばくとっこう)に耐えた人間が居るぞぉサ、ティ、ア、、これヤバくね～⁉」

「いちいち声がでかいぞウ、ティ、ア。そんなに叫(さけ)ばなくても聞こえてる」

「やべぇやべぇマジパネェって！　なんで生きてんのアイツ～⁈　人間っぽいけど人間じゃね～のかなぁ～⁉　ど～思うサティアぁ！」

「うるさいという言葉が聞こえてないのかお前はァ……！」

男の声だ、二人。

というか、二人はここに居ても平気なのかな？

「どちらにせよ、コイツを運ぶのは無理だな。放射線で体がやられてる。持ち上げようとしても、体が崩れて掴(つか)めん。再生能力持ちのようだが……さて、耐性(たいせい)が付くのが先か、能力が尽(つ)きるのが先か」

「え～え？　せっかく面白(おもしろ)そうなヤツなのに……。勿体(もったい)なくねぇ～？」

「人間に面白いもクソも無い。人間は人間、平等にクソだ。そも、俺(おれ)は連れ帰ることに賛成した覚えは無い」

「……お前、秒で言ってることが矛盾してることに気付いてる？」

「うるさい黙れ死ね」

「ひでぇ！」

なんか……騒がしい人達だな。

というか、ほうしゃせん、て……放射線⁉

え、てことは、さっきの爆発て、核爆発だったってこと⁉

はぁ～。

マジか。

「てか、まぁ～だそんなこと言ってんの？　しつこぉ～！　器小っちゃくねぇ～⁉」

「うるさい。いくらマティアの頼みと言えど、何故、こんな汚物を家に招かねばならんのだ。どうかしてるぞ」

「はいはい潔癖潔癖。もういいから行こうぜぇ～。コイツが駄目なら、せめて外に居るヤツだけでも連れて帰らねぇと！　マティアになんて言われるか分かんねぇ～ぜ！」

「…………チッ。あぁ。行くか」

外に居る奴……？　もしかして、瑠菜さんのこと？

やばい、バレてる？

一応、護衛だし、なんとか二人より先にここを出て、瑠菜さんの所に行かないと……！

「……」

うん、駄目だな。動けないや。

これぱっかりは……もう無理かな。

全力で頑張ったけど、どうにもならなかった。

なら、もう仕方が無い。

ごめんね、瑠菜さん。

□□□

【瑠菜視点】


クシナが結界に侵入(しんにゅう)してから、もう二日が経(た)とうとしている。

私は変わらず蹲(うずくま)っていた。いや、蹲ることしかできないでいた、が正しい。

まさか、この私が……『華鏡院』であるこの私が、こんなにも動けず、状況(じょうきょう)に流される
ことしかできないなんて……。

考えていた。ずっと、考えていた。今の状況を、私の置かれている状況を。私に何がで

きて、何をしなければならなくて、どうするべきなのか。

でも、考えれば考えるほど分からなくなって……混乱するばかりで……結局、脚を止めてしまった。

屈辱、な筈なのに……屈辱を、感じなければならないのに……そんなものを感じる余裕は無くて……今の私にあるのは……あるのは……ッ。

「……………」

私はまた膝と胸の間に顔を埋める。

なんで……こんなことになったんだろ……。


「おぉ～！　居た居たァ～！」

「―――!?」

突然のことに驚き、顔を上げる。

声？　男の声？　こんな所で!?

声のした方に視線を向ける。

そこに居たのは、今まさに結界から出てこようとしている二人の男だった。

一人は、チャラチャラした見た目の男。碧色の瞳に、髪は金色で、前髪の左側だけ刈り上げている。白が基調の半袖のシャツに、濃い色のジーンズのような長ズボン。首にネックレスのような物をかけ、右の手首にはブレスレット。結界から出て声を出したのがこの男だ。

もう一人は対照的に厳格そうな男だった。蒼色の瞳に、チャラチャラした男と同じ金髪。こちらは右側の前髪を刈り上げている。灰色のシャツの上にブラウンのテーラードジャケットを羽織り、下にはこれまたブラウンのスラックスを着用している。細いフチなし眼鏡をかけ、姿勢も良いことから、知的な雰囲気を漂わせている。

誰⁉　――立ち上がり、そう問おうとした所で、動きを止める。

クシナ曰く、この結界内にはとんでもなく強い獣がうじゃうじゃ居るらしい。

そこからこの二人は出てきた。それも、命からがらではなく、余裕たっぷりに。

ただ者ではないのは確か。

迂闊なことは言えない。

「……ッ」

どうしよう？　どうするべき？

クシナが戻ってくるのを待つべき？　なんとか時間稼ぎに徹して、彼が戻ってくるのを待つのは……？

クシナは、必ず朝・昼・夜と三回、結界から出ては食料（という名の木の実）を届けに来てくれる。

彼が来てくれるのを待つのはどうか？

けれど、今日はすでに昼の分の食料を届けてもらった後だ。食料を貰ってまだそんなに時間が経っていない。彼が次に来るまでかなりの時間がある。それまで時間稼ぎをするのは……流石に無理。

なら、相手に取り入るか？　取り入るとして、どうやって？　相手の趣味嗜好も分からないのに。

「………」

でも、やるしかない。現状、これが一番、生き残れる可能性が高い。

目の前の男は、私を見て「居た」と言った。つまり、私が目的なのは間違いない。人違い、という可能性も無くはないけど……その可能性が当たっていたとして、それを証明する時間をくれるかどうか。

私が目的である以上、無視もできない。

まだ何を言うべきかもまとまっていないけど、それでも、生きるために、ここで何もしない訳にはいかなかった。

「あ――――」

「なんだァ？　辛気臭いガキかと思ったら、俺を見た瞬間元気になりやがった。おいこりゃどういう了見だよォ？」

――――。

彼らが現れる直前までボーッとしていたのが災いしてしまった。

コンマ何秒の差だけど、先に男に言葉を紡がせてしまった。

事口論や戦闘において、先手を取るというのは、自分の優位を確立するという意味で、とても有利な行いだと私は考えている。

当然、毎回、先手を取るのが良いとは言わないが、今回のように、確実に相手の力量の方が勝っている状況で、尚且つ、相手の情報が何も無い場合においては、先手を取っておいた方が絶対に良い。

だというのに、先に相手の質問を許してしまった。先手を取られてしまった。

弱いのに、会話による場のコントロールすら望めなくなってしまった。

これは……非常にマズい。

とりあえず、何か返さないと。

男の言葉から、私の態度があまり良い印象を抱かせなかったのは確か。

ここから巻き返しを図るには……！

「お前の威厳の無い姿を見て、気が緩んだんだろう。身だしなみに気を使わないからこうなるんだ」

「あぁ!?」

私が何を言うべきか迷っていた所で、これまで口を開いていなかったもう一人の男が、これまで喋っていた男を煽り出す。

「身だしなみだぁ～？　お前みたいにそんな動きにくい格好でいろってか!?　はッ！　そんな格好で、いざっていう時、まともに動けんのかよぉ！」

「勿論だ。そこの所を対策していない訳がないだろう阿呆め。私に与えられた『加護』を考えれば、そのぐらい簡単に理解できるだろ。これだから頭を使わない阿呆は」

「アホアホうっせぇ！　アホって言う方がアホだ！」

「子供か貴様。いや、子供の頃から知能が全く発達していないことを考えれば、ある意味、子供と言うのも正解か」

「ザッけんな！　止まってるって意味じゃテメェも一緒だろうがッ、この堅物眼鏡！」

「……何？」

「事あるごとに母様を持ち出しては考えることをやめる！　非日常が起きた時なんか特に

だ！　自分で考えることもしないで「母様は」「母様なら」って、従順な獣かよ！　考えなしも子供もテメェのことじゃね～かバァ～カ!!」

「……母様の言うことを無視して困らせるよりはマシだろうイキリ野郎。変化が何を齎すかも考えないで目先の利益を追い求めるのは馬鹿のすることだ。そんなことも分からないから子供って言うんだクソウティア」

「おぉおぉお～、随分と語気が強くなったじゃねぇのガキサティア。さては図星を突かれて焦ってるんじゃねぇのかぁ～？」

「――殺すぞォ、イキリ野郎」

「ハッ、やってみろやガキャぁあ!!」

私のことなんか忘れたみたいに、二人だけでヒートアップしていく男達。

え、何？なんなのコイツら？

いきなり喧嘩を始めた二人を見て混乱している私を余所に、どこから出したのか、一方の男の両手には双剣が、もう一方の男の片手には薙刀が握られている。

え？今、どこから出して――？

私がそんな疑問を覚えて間も無く、二人の男が握った武器を構え、双方、目の前の相手に向けて武器を振るった。

「――――ッ‼」

二人の武器が激突(げきとつ)。

――瞬間、人間(わたし)なんか軽く吹き飛ばすほどの強い衝撃波が発生した。

混乱していたせいもあるが、衝撃波の勢いがとんでもなかったせいで、私は受け身を取ることすらできず、一秒にも満たない時間で約十メートル吹き飛ばされ、最後には樹木に背中からぶつかった。

一瞬にして痛みという名の刺激に脳が支配される。

そして、私は抗(あらが)う余裕すら無く――――気絶した。

2 左神

【瑠菜視点】


「どうして迎えに行くだけなのに気絶させて連れて来ちゃうの!!」

「い、いや、あれは俺のせいじゃねぇって！　サティアが悪くって！」

「嘘をつくなウティア。全てはお前が元凶だろ」

「はぁ⁉︎ 言うに事欠いて何を言い出すんじゃテメェ！　そもそも、お前が煽ってこなきゃなぁ――――」

「もー！　二柱共!!　いい加減にしなさぁぁぁい!!!」


「………ッ」

なんだか、随分と騒がしい。

……あれ？ なんで、私……眠って……？

……とりあえず、起きないと――

「いッッ!?」

体を起こそうとした所で激痛が走る。

何!?

私の意識が完全に覚醒する。

目を開けた私の視界に入ってきたのは――。

「――! あ、目覚めたんだね! 良かったぁ～」

見知らぬ女の人がこちらに駆け寄ってくる。

腰まである長くて白い髪。下に行くにつれてウェーブがかかっている。ルビーよりも輝いて見える紅の瞳に、どこか幼さを残した顔。全体的に容姿が整っているからこそ……左頬から、おそらくは肩辺りまで広がっているであろう赤いタトゥー？ 亀裂？ が一際目立っている。髪色に合わせた白色の緩いワンピースを着て、古代のギリシャに生きていた人が履いてそうな茶色のサンダルに足を通し、頭の上にはオリーブの葉で作られた花冠と似たようなものを、やや右に傾けて乗せている。

誰？ というか、ここどこ？

「大丈夫？ 痛む？ 体力的に心配だったから、全ては一気に治さなかったんだけど……」

目の前に来た女の人が私を心配する素振りを見せる。

治す……ってことは、医者としての見聞でもあるのかしら。

後ろにいる二人は……――！

後ろにいる男二人を見て、思い出した。

あの二人には見覚えがある。というより、意識を失う直前まで顔を合わせていた二人だ。

そうだ、あの時、二人が起こした衝撃に吹き飛ばされて、私は……。

視線が自然と下に行く。あまりのやるせなさに唇を噛むことしかできない。

私は、あの時、何もすることができなかった。『華鏡院』である私が、混乱し、場に流されるだけで、何もできなかった。挙句、気絶させられ、見知らぬ場所まで連れてこられる始末。こんな、こんな……ッ。

「………ッッ」

自分は無力だという事実が、容赦なく胸を抉る。

「………」

――この程度なのか？　私という人物は、この程度？

ここに来て、嫌でも理解させられた。これまで私が成功してこられたのは、環境が良かったからだ。

才能はあるのかもしれない。でも、所詮、場が整えられていなければ発揮できない、無用の長物。

どうにもならない現状を打破するほどの力は無い、ほんの少しだけ、非凡な力。

これまで、自分というものを疑ったことが無かった。自分の才能に自信を持っていたし、『華鏡院』である自分に誇りを持っていた。

でも、華鏡院に縁もゆかりも無い場所ではなんのステータスにもなりはしない。ここでは、私なんて、凡人と少し違うだけの存在でしかない。

なんでもできると思ってた。もう一人前だって、一人でどんな困難も乗り越えられるって、そう思っていた。

――思い上がりだった。ただ一人の少女の思い違いだった。

今の私の姿を見たら、お父様はなんて言うだろうか？

「……ッ」

帰りたい……あの場が整えられた輝かしい場所に、帰りたい。

どうして、私がこんな目に遭わなければならないの？　どうして、私がこんな感情にならないといけないの？

どうして――！

泣きそうになるのをなけなしの誇りで堪える。

泣く姿だけは誰にも見られたくなかった。涙は、目に見える、完全な敗北の証だから。

「大丈夫？」

横に居る女の人が、下を向いた私の顔を覗き込むようにして、再度、心配の声をかけてくれる。

でも、私に、その声に答える余裕は無い。

ただひたすら、涙が出ないように堪えることしかできない。

「傷、かなり痛むの？　なんだったら、もうちょっと回復させせようか？」

女の人が言葉を続ける。

流石に、なんの反応も見せない私を心配に思ったのか、それとも、訝しく思ったのか、男二人もこちらに近付いてくる。

「マティアの言葉を無視するとは。ほとほと業が深いな。流石は『人』と言うべきか」

「いやいや～、それは流石に厳しいだろ～！　サティアも知ってんだろ？　人間は脆いんだよ！　だから、もうちょっと丁寧に扱ってやんねぇと～」

「丁寧に扱った所で、見返りがあるとは思えんが」

「二柱共～？　そもそも、るーたんがこんなになっちゃったのは二柱が原因でしょ！　ちゃんと反省して！」

「――うっ」

「ふんッ」

女の人のお叱りに、ウティアと呼ばれた男は言葉に詰まり、サティアと呼ばれた男は鼻を鳴らしてそっぽを向く。

でも、そんな三人のことなど気にしてる余裕は無くて、私はただ、惨めに、下を向いて震えることしかできなかった。

悔しさで溢れそうになる涙はなんとか堪えることができてる。でも、それと同時に感じる恐怖は、どうすることもできなかった。

自分は無力だと自覚した瞬間から、何も分からず、何もできない今の状態が怖い。自分勝手に話を進める目の前の三人が怖い。もしかしたら死んでしまうかもしれない、そんな未来を想像して……怖いッ。

恐怖を感じるなんて、いつぶり？

もう、全部が全部ありえなくて……つらかった。

「……あ～、これは駄目かも。るーたん、完全に怖がってるよ。話を訊くことすらできないかも」

「あ～ぁ、サティアのせいだな！　お前がずっと堅っ苦しい態度取ってるから～」

「ふん、『人』からどう思われようと知ったことではない。目的が果たせそうにないなら、とっとと追い出すぞ。本当は『神域』に入れるだけでも反対だったんだ。これ以上、『人』にこの場所を汚されてたまるか」

「もぉ～、サティア、いい加減にしてよぉ～」

サティアという男に対して、女の人とウティアという男が呆れを見せる。

「……そういえば、もう一人はどうしたの？　私、二人連れてきて、て言ったよね？」

「あ～、アイツ？　ありゃ無理！　連れて来れないって！」

「どうして？」

「フェルネイアと殺り合ってたんだ！　それで、ある程度、想像がつくだろ～？」

「あー……死んじゃった、てこと？」

「いや、そうじゃない」

「え？」

「もう一人のアイツは、フェルネイアに『権能』を使わせたんだ」

サティアという男の言葉を受けて、女の人が目を見開く。

「そそ！　『神域』のちょー端っこでの戦いだったから、流石にマティアの『加護』も届かなかったか～。アイツさ、フェルネイアをちょー追い詰めててさぁ！　それでフェルネイアも『権能』使って自滅！　実質、アイツの勝利!!」

「でも、その後が問題だった」

「なんだっけ～？　ほら、フェルネイアって『権能』使ったら爆発するじゃん？　その爆発の後に残るあれ……」

「放射線」

「そ、それそれ！　それのせいでさ、アイツの体、ボロボロになっててよ～。なんとか再生しようと頑張ってたけど、全然回復の兆しは無し！　ま、ずっとホーシャセンに当てられてんだから、それもしゃーないわな～」

「再生しては破壊され、再生しては破壊されの繰り返しだ。アイツが耐性を付けるのが先か、アイツの再生能力が尽きるのが先かの勝負。……だが、正直、あそこから復活できるとは思えん」

「そ、それなら！　尚更、早くその場所から動かしてあげないと――」

「無理無理！　どれだけ優しく動かそうとも、ほんのちょっと触っただけでボロボロになっちまうよ～。風や雷でやっても同じさ！」

「アイツは自力でどうにかするしかない。フェルネイアと長いこと戦ったアイツの罪だな」

「……そっか」


その時、突然、扉の開く音が聞こえた。

開けたのは一人の青年。全裸で、どこか作り物感のある笑みを顔に貼り付けた、一見、どこにでも居そうな平凡な顔立ちの青年。

サティアとウティアという男二人が絶対にここへは連れて来られないと言った青年が、そこには立っていた。

「……嘘だろ？」

「ありえん……！」

「わぁ……！」

青年を見た瞬間、三者三様の反応を見せた。

ウティアと呼ばれた男は驚愕と称賛で半笑い。

サティアと呼ばれた男は、目の前の事実を受け止め難いようで、ただただ目を見開き。

女の人は青年を讃えるように喜色を見せた。

青年は、そんな三者の反応など全て無視して。

「遅れてごめんね、瑠菜さん」

そう一言、私に謝罪したのだった。

「クシ、ナ……！」

□□□

【ウティア視点】


マジか……いやマジか！

フェルネイアの『権能』で起きた爆発だぜ⁉　なのに……短時間で克服してここまで来やがった！

ははは！　やっべぇやっべぇ！　こんな人間もいんのかよ⁉

ここはちょっと俺が相手をしてコイツの力量を測って――

「誰がこの場に入ることを……」

ん？

「お前に許したァァあああ!!!」

「――――ッッッ」

「キャア!!」

突然、サティアがなんか言い出したと思ったら、一気に男との距離を詰めて、いつの間に出していたのか、手に持った薙刀を振るっていた。

サティアは振る前から薙刀に青白く輝く雷光を纏わせており。

薙刀が男にぶつかった瞬間、一本の雷線が男を貫通して外へと迸り、その後、雷線をなぞるように男もまた外に吹き飛んでいった。

雷と男、二つが森へと飛んでいったせいで、森で炸裂音が二重に響き渡る。

「………」

えええええええ。

いやいやいや、そりゃねぇだろぉよ!?

男と薙刀がぶつかった衝撃で、家の中に置いてたもん色々吹っ飛んだしッ、比較的近くに居た嬢ちゃんもちょっと衝撃のあおり受けてるしッ。

考えなしもいい所だろ!?

「おいおいおぉい！　あんまりじゃねぇかサティアぁ！　家ん中でなんつうことやってんだよぉ!?」

「うるさい。土足でこの場に踏み入ってきた不届き者に、それ相応の報いをくれてやっただけだ」

「土足だァ？ ………土足ってなんて意味？」

俺は隣の愛しい女性――マティアに「土足」の意味を質問する。

すると、マティアは困ったように笑って、

「靴を履いた状態ってことだよ」

「ほ～ん。……て、俺達ぜーいん土足じゃねぇか‼」

「うるさい黙れ。今回はそういう意味で言ったんじゃない」

「んじゃどういう意味で言ったんだよ？」

「うるさい黙れ口を開くな」

相変わらずの言いようにカッチーンときた。

はァ⁉ 別に「土足」の意味ぐらい訊いたっていいじゃん！ なんでコイツはいつもさあ！

………て、そうじゃねぇそうじゃねぇ。

色々文句を言ってやりたい所だが、今はそれを言ってる場合じゃねぇ。

一度、深呼吸だ。

「土足は別にいーんだよ……それより、家ん中でやってんじゃねぇって話だ。やるにしても、もう少しやりようあったろぉが。それに、アイツ、勝手に入ってきたとはいえ、せっかくホーシャセンてのに耐えてここまで来たんだぞ～？　あんまりな仕打ちじゃぁね～か。それに、元々アイツもこの家に来てもらうつもりだったろ？　吹っ飛ばしてどーすんだよ！」

「別に。どうもしない」

「そりゃテメーの見解だろうが！　ったくよぉ～、自分勝手はどっちだって……」

頭を掻きながらサティアに呆れていた所で――俺は口を閉じた。いや、思わず閉じちまった、て言うか……。

信じられない光景が目に入った。

扉の先、吹っ飛ばされた木々の真ん中を、五体満足で男が歩いてる。

サティアの雷を食らった男が歩いてる。

おいおいおい……嘘だろォ？　サティアの雷を食らうと、大抵の生き物は痺れて動けなくなるんだぜェ……？　再生だってできなくなる筈だぁ。

なのに……なんでアイツ、普通に再生してんだよ!?

俺が扉の先を見ていたことで、サティアもそっちの方に視線を移した。

扉の先に広がっている光景を見て、サティアも俺と同じように驚く。

だけど、俺とは違って、サティアはすぐ驚きを抑えて、目付きを鋭くすると、薙刀を構えた。

「アイツは危険だ」

それだけ言うと、サティアの姿が一瞬で消える。いや、正確には、消えたように見えるぐらい速く動いただけだけど。

サティアは一瞬で男の前に詰め寄り、再び、雷を纏わせた薙刀で男を薙ぎ払った。

今度は、薙刀を振るうと同時に纏わせた雷を解放していたので、一瞬、目の前が光ったと思ったら、雷の衝撃を受けた地面が、薙刀がどういう軌道を描いたのかを大袈裟に伝えるように、大きく爆ぜる。

当然、すぐ近くに居た男は跡形も無く吹き飛んでいた。

黒焦げが駄目なら、粉々に吹き飛ばすまで、てかぁ〜？

やり過ぎだっての、アイツは。

サティアの極端な行動を見て、呆れと笑いが半々くらいでくる。

「………」

いや、ていうか、男からも話を訊く、て言ったばっかじゃん！　何やってんのアイツ⁉

やっぱ呆れの方が勝ったわ。

「はぁ～、何してんだよ～……」

溜め息と共にそんな言葉を溢す。

隣のマティアも、このサティアの行動は流石に想定外だったようで、放心してる。

あー、これじゃあ嬢ちゃんもますます怯えて、話を訊くどころじゃ……あ？

「――――ッッッ!!!!」

「――――！」

サティアの起こした攻撃によって生じた砂煙、そこから男が出てきた。

男は、煙から出るや、サティアに向かって右フックをお見舞いする。

咄嗟にそれに反応したサティアは、自分と男の拳の間に薙刀を入れて防御。――――しかし、咄嗟の行動だったからか、上手く耐えることができず、男の力によって薙刀ごと吹き飛ばされていた。

「………」

サティアがかなりの距離吹っ飛ばされてる。

家ん中からじゃ見えねぇけど、森のどっかに吹っ飛ばされたんだろう。大きな炸裂音が響き渡っていた。

いぃやいやいや……どうなってんの？

体が一部残った状態での再生ならまだ分かる。

でも、さっきのサティアの攻撃はそれを許さない。一部すら残さず、塵と変える攻撃だった筈だァ。

なのにアイツ……どうやって再生したんだよ？

…………。

「おもしれェ……」

俺は自分の両手に双剣を出現させる。

扉の先で、男がサティアの方へ突進していくのが見える。一秒も満たない内に、また大きな炸裂音が、今度は何度も響き渡るようになった。

「マティアはここに居ろ。俺が様子を見てくる。くれぐれも、顔は出すなよぉ～？」

「えっ、ちょ……」

マティアが何か俺に言いたげだったが、俺は構わず外に出て、家の屋根に上る。

「もう！」

マティアのイライラ声が聞こえるが、これも気にしない。

屋根の上から、男の攻撃による被害を確認する。

「わぁお♪」

見てみると、サティアの攻撃に負けず劣らず、とんでもない規模で地面が掘り返され、沢山の木々が倒れていた。

しかも、森の奥の方を見れば、また何度も鈍い音と共に大量の砂煙が巻き上げられてるのが見える。

やってるやってる♪

俺は屋根から跳び上がると、そちらの方に向けて木々に跳び移り始めた。


比較的、戦闘が行われている場所、その近くの木のテッペンに跳び乗る。

そこでは、男が何度もサティアに攻撃を仕掛けていた。

男が右と左の拳を交互にサティアへ伸ばす。それだけで殴られた空気が凄い勢いで動き出して、木々なんて軽く吹き飛ばす衝撃になる。

だが、サティアはそれらを半身を逸らすだけで躱していた。極小の動きで躱してやがる。

男が動きを変える。拳じゃ躱されると思ったんだろうな。左の拳が空ぶった後、男から見て右に寄ったサティアに向けて、左の脚で蹴りをくり出した。

しかし、それすらもサティアは屈むことで回避した。屈んだ瞬間、手に持った薙刀に雷を纏わせる。

男の脚が頭上を通るのを確認してから、サティアは薙刀を下から左上に振るった。

薙刀の雷を放電させながら、男の体の大部分を吹き飛ばすサティア。放たれた雷は、男のみならず、男の後ろの木々や草花すら吹き飛ばす。

残ったのは男の右脚のみ。――――だが、次の瞬間、男の体が一瞬で再生した。

おいおいおい！　なんだよその速度⁉　どんな力だよおぃぃ！

男は、再生してすぐ、右の拳で殴りかかった。

だけど、サティアはそんな不意を突く攻撃すら軽々と躱す。

そして、流れるように男の左側へと回り、薙刀を両手で持って男の脇腹に叩き付けた。

薙刀から出た一本の雷線が男の体を貫通したと思ったら、その雷線に沿うように男が吹っ飛んでいく。

サティアからけっこう離れた所で二重に炸裂音が響き、多量の砂煙が勢いよく舞い上がった。

男が吹き飛ぶ前、雷線が貫通したことで感電し、体は黒焦げになっている。

だけど、炸裂音が響いた次の瞬間には、男が爆音を響かせ、改めて砂煙を上げ、サティアに突進してきていた。体も完全に元に戻ってる。再生力、イカれてんだろ……。

何度攻撃を食らおうと、男は再生し、また攻撃を仕掛け始める。

でも、その全てがサティアには当たらない。サティアはそれらを小さな動きだけで躱し続ける。

そして、隙を見ては、男に雷を纏わせた薙刀をぶつけていた。

「無駄だ」

それがもう何度も繰り返された頃。

サティアが口を開いた。

「お前に力があるのは分かった。我々に迫る肉体を持っていることは見事と賞賛してもいい」

珍しいな。サティアが『人』を褒めてる。

「だが、それだけだ。力はあるが技術が無い。いくら、恵まれた肉体を持っていようと、そこからくり出される攻撃が当たらなければなんの意味も無いのだ。技術の無いお前では、俺に攻撃を当てるのは不可能。お前のそれは宝の持ち腐れだ。それが分からないようではッ……絶対にッ——鬱陶しい!!」

サティアが話してる間も攻撃を繰り返していた男。

流石に、口を開いている間も動きを止めない男に苛立ちを覚えたサティアは、薙刀に纏わせた雷を放ちながら男を吹き飛ばした。

ははは！　何やってんだアイツは！

さっきよりも威力が上がってる。吹き飛ぶ木々や舞い上がる砂煙の量がさっきの比じゃねぇ。

だけど――

「おいおいマジか！」

避けたのか再生したのか、今の一撃を受けても男は五体満足でサティアの後ろに回っていた。

というか、なんだ？　今の現れ方。まるで、瞬間移動でもしたみてぇだ。いや、瞬間移動にしては現れるまでに間があるけどよぉ……それにしたってすげぇ！　そんな能力まで持ってんのかよ⁉

男はまたサティアに殴りかかる。

「――――ッ！」

苛立ちを発散できなかったサティアは、さっきよりもギアを上げて男への迎撃を行った。

さっきまで、男が四回攻撃をしたら、サティアが一回反撃するくらいのペースだったのが、今では、男が二回攻撃しただけでもうサティアが反撃している。

余程、腹が立ったんだなぁ。

そうして、戦闘は続いた、訳だが……。

「………」

あぁ……？

もう男が何度再生したかも分からねぇ、そんな頃。

段々と、サティアの方に余裕が無くなってきた。

男が右の拳でサティアの腹に殴りかかる。

さっきまでは、それを余裕で回避していたサティアだが、今はそうではない。

拳が当たる直前、なんとか横に少し跳び、体を反って腕を上げることで、本来、体に当たる筈だった拳を脇の横を通らせ回避。すげぇギリギリだ。

別に、サティアが疲れてきたって訳じゃねぇ。

逆だ。男の方が強くなってやがる。

空振った拳から放たれる衝撃で倒れる木々の量は多くなり、抉れる大地の面積も広くなっているのがいい証拠だ。

体勢の崩れたサティアに、男は左の拳でフックをくり出す。

サティアはそれを勢いよくしゃがむことで回避。そして、すぐに手に持っている薙刀を上に向けて振り上げた。

この時も、サティアは薙刀に纏わせた雷を解放しており、男を跡形も無く吹き飛ばす。

さらに、薙刀を振り上げる勢いを利用し立ち上がったサティアは、そのまま後ろを向いて、サティアの背後に一瞬で移動した男の頭上に薙刀を振り下ろした。当然、これも放電させながらくり出してる。

男を消し飛ばした後、地面にぶつかった薙刀から凄い音が森中に響き渡った。まるで、本当に雷が落ちたみてぇだ。

……お？　男が現れねぇ。これまで、どれだけ攻撃されようと再生と瞬間移動を駆使して攻撃を繰り返してきたってぇのに……あっけな――!?

「あぁ!?」

とか思ってたら、少し遠くに、勢いよく舞い上がる砂煙が見えた――てのと同時に、凄い速さでサティアの方に向かう男も発見！

それを俺よりも先に発見したサティアは、すぐに薙刀を振り上げ、纏わせた雷を飛ばしながら薙刀を振り下ろした。

男が走り出した時に生じた爆音と、サティアが飛ばした雷によって生じた落雷音がほぼ同時に聞こえてくる。

雷に体を消し飛ばされた男。

だが、男はすでにサティアの頭上後ろに瞬間移動していた。

空中を落下しながらも、男はサティアに右の拳で殴りかかる。

サティアもその攻撃には気付いていた——ようだが、その反応に体が付いていかなかったみてぇだ。

流石に拳の直撃(ちょくげき)は回避したが、音速を超(こ)えて放たれる拳から生じた衝撃がサティアの左頬を掠(かす)った。

「——ッ！」

「——あ」

その光景を見て、つい、口から声が漏(も)れちまった。

男の衝撃を受けて、サティアが強く歯軋(はぎし)りするのが見える。

そして、目を血走らせながら、薙刀を持っていない左の拳で男の左脇腹を殴った。

男がありえない方向に体をくの字に曲げ、かなりの距離、吹き飛ばされる。

男が吹き飛ぶ際にまた何本もの木々が折れ、倒れた。

「ふざけやがってェ……！」

はは！　サティアがブチ切れてらァ！

いやまぁ、分からなくもねぇけどな～。

驚いたぜェ。まさかあんな方法を取ってくるなんてなぁ。

確かに、男に技術はねぇ。

だからって……技術で敵わないなら、さらに力を上げて挑めばいいと言わんばかりの荒業。頭おかしいぜアイツ！

どういう理屈かは知らねぇが……どんな理屈でも、あんな戦法、まともだったら取れねぇ。

とんでもねぇ奴が来たもんだ！

「……ん？」

サティアが空に飛び上がる。

そして、どの木々よりも高い所に上がると、そこで止まり。

「――――お」

サティアが薙刀を空に向けて振り上げた。

すると、雲が多かったとはいえ、さっきまでの晴天が、灰色の雲に覆われていく。辺り一面薄暗くなった所で、ゴロゴロという音と共に、あちこちの雲の隙間から雷光が覗けるようになった。

「己の行いを悔やむがいい！」

サティアが薙刀を振り下ろす。

瞬間、雲から一筋の雷が森のとある地点に落ちた。

雷が落ちたことで、着雷点が覗けるようになる。

そこには、雷に打たれた男の姿があった。

雷は男に当たってからも落ち続ける。一本一本新しいものが降り注ぐって感じじゃなくて、雷が男と雲を繋ぐ道となり続けてる感じ。

男はずっと感電し続けていた。

「あちゃ〜」

ありゃつれェ……。

流石の俺も、あんなん食らい続けたらどうなるか。

想像もしたくねぇわ！　あんなん！

男に同情する。

そうやって、半笑いを浮かべてそれを見ていた──訳だが。

…………ぁあん？

少し時間が経った所で、異変に気付く。

なんか、おかしい。

雷（かみなり）に打たれてる間、男はずっと黒焦げの状態だった。

あの状態でも再生は続いてんだろぉな。

だけど、再生よりも感電が勝っている感じだった。

けど……今ではそれが……。

「――！　サティア！　今すぐ雷止めろォ！　耐性作られんぞォ！」

「――!!」

俺の声を受けて、サティアが薙刀を振り上げ、雷を止めた。

そして、俺同様に、男の様子を確認する。

「………」

男は、立っていた。肉の焼ける音を立てながらも、白い煙を上げながらも、立っていた。

さっきまでは一度雷を食らうだけで黒焦げになっていたクセに、今はそうではない。大部分の皮膚（ひふ）は焼け落ちている。だけど、黒焦げじゃない。

明らかに耐性が付き始めていた。

マジかよ……！　こんなことあんのかよ⁉

雷に耐性とかあんのか⁉　とんでもねぇなぁおい！

男が歯茎剥き出しで笑った。そこから白い息が吐き出される。

「――――」

とんでもねぇなぁ……！

「……うん？」

突然、頭上から光が降る。

なんだ？

見上げると――

「……あ～ぉ」

最悪だ……。

これで、容易に止めることはできなくなった。

サティアの奴、『雷神モード』になりやがった。

青色の雷がサティアの体に帯電しているせいで、アイツを中心に青色の光が辺りを照らす。

帯電している間、サティアは大きく胸を開き、顎を上げ、常に力んでいた。

サティアの頭髪がどんどんと伸びていく。遂にはアイツの背丈と変わらないぐらいの長さになって、常に青い電が迸るように。

服装にも変化が生じる。上半身の服を消し去り、下半身のみ、青みがかった黒が基調の鎧で覆ったサティア。鎧には空色のラインがいくつも刻まれていた。

薙刀は青白く輝く三叉槍へと変化して、サティアが発する電力をさらに強化。アレを持っているのとそうでないのでは発せる電力に雲泥の差があるからな。『雷神モード』の時には絶対に欠かせないサティアの主力武器だ。

両耳には眼球と同じくらいの大きさの宝石を吊るした耳飾りが付いている。宝石もまた青色尽くし。

やっぱり、俺に服装どうのこうの言える立場じゃね～よなぁ、アイツ。

今の姿になることがめっきり減ったから『雷神モード』なんて呼んではいるが、実を言うと、今のサティアこそ、真のアイツの姿だ。

素の姿でいると力が強すぎて周りの被害が凄いことになるから、普段は力を抑えてるというだけ。

さてさて、こっからどうなるか。

一つ心配なのは、被害範囲が拡大すること。

「マティアに母様、リーティアがなんて言うかなぁ……」

それだけが気がかりだ。

被害状況（じょうきょう）を見られたら間違（まちが）いなく怒（おこ）られるだろうなぁ。

マティアはともかく、流石に、そんな都合よく母様とリーティアが帰ってくるなんてことは無いだろうが……ま、もし帰ってくるようなことがあれば、そん時は全部サティアに責任押（お）し付ければいっか！

俺は戦況（せんきょう）を見守ることにする。

サティアから発せられていた光が収まってきた。

力の制限を完全に無くしたな。

サティアが空中で上下反転してから屈伸（くっしん）し、力を溜める。

そして、サティアが脚（あし）を伸ばした瞬間、男に一直線に向かっていった。

ひゃ～！　目で追えねぇ！

気付いた時には、落雷音と共に、さっきまで男が居た場所に多量の砂煙が上がっていた。

きちんと両足で着地していても、流石にあんな速さで動いちゃ、サティアも反動を殺しきれなかったみてぇだ。着地後、何メートルか地面を引きずる。

凄（すさ）まじい衝撃（しょうげき）だったろうに。それを間近で受けた筈の男は、すぐに五体満足で煙から出て、サティアに殴りかかった。

それをサティアは、右手に持った三叉槍で薙ぎ払う。まだ男とは距離があったが、三叉

槍が持つ電気が荒ぶり、そこかしこに雷が放たれ、男にも被害が及ぶ。それが余りにも太かったせいで、雷は男を飲み込み、男を完全に消し飛ばした。

とか思っていたら、男はサティアの後頭部上に瞬間移動した。さっき届かなかった拳をサティアにぶつけようと、すでに肘を引いている。

——そんな男の攻撃すらもすでにサティアは察知していて、すぐに振り向き、男に向けて三叉槍を突き刺した。

三叉槍から極太の電撃が放たれ、空へと向かい、雲に穴を開ける。

当然、男は跡形も無く吹き飛び、サティアが電撃を放ち終えると、一瞬ののち、まるで引っ張られるように雲の穴が塞がった。

容赦ねぇな～！　てか、男の方もえげつね～。電力が上がっても再生に影響なしかよ⁉

と、今度はサティアから少し離れた場所で男を発見する。

……なんだあのポーズ？　両手を地面に突いて、左右の脚を前後に離し、腰を上げてる。

不思議に思ってたら、その体勢から男が走り出した。

やっぱとんでもねぇ速さだ。距離があった筈なのに、ほぼ一瞬でサティアの下まで駆け寄る。

「————ッッッ!!!!」

そして、走る勢いそのままに、サティアを殴り飛ばそうとしていた。
だが――

「――!?」


男の拳がサティアに届くことは無かった。

サティアの腹をぶち抜こうと振るわれた拳。しかし、結果だけを見れば、拳はサティアから数十センチ離れた所で止まっていた。

なんだっけな？ 名前。えっとぉ……そーだ！ ジカイフィールドだ！

なんかよく分かんねぇけど、あぁなったサティアの周りにはとんでもねぇ力が働いていて、どんなものでも近付くのを許さないんだったたっけなぁ……？

力を抑えている時でもそういう力は働いてたらしいけど、今の状態と比べるとめっちゃ小さい力らしくて、相手の攻撃を少し弱めるのと、相手の攻撃の察知くらいにしか役立たないとかも言ってたなぁ。

ま、それはいいや。

ジカイフィールドによって拳を止められた男。男はまだ拳をぶつけようと力んでる。

だけど、力めば力むほど、何故か拳はサティアから遠ざかる。

サティアはそんな男に三叉槍を向けた。

三ツ又の内、真ん中の刃の先に小さな青色の球体ができあがっていく。同じく青色の電が迸るそれは電気の塊で、見るだけで高電圧であることが分かる。

サティアはその球体から強力な電撃をくり出した。

人なんて軽々飲み込むほどドデカい電気の衝撃は、男は勿論、衝撃に触れた木々すらも塵すら残さず消していく。

視認できる範囲だけでも数キロは吹き飛ばしてる。とんでもねぇ衝撃だ！

数秒はそれを放ち続けていたサティア。

サティアが電撃をやめるのと同じくらいに、男が再生しているのも発見する。またサティアから少し離れた位置で再生していた。

サティアが三叉槍を空に向ける。その三叉槍の先にはまた電気の塊である球体が作られていた。

その電気の塊を空へと放つ。それは雲へと吸い込まれていき、次の瞬間、雲の中で雷が巡ったと思ったら、突然、電気が迸る光の物質が雲から降り始めた。

横から見ると楕円形に見えるそれは、何かに触れた瞬間――放電。人二人ぐらい軽々と飲み込むほどの小さい電気の爆発を起こす。

一粒でそれだ。これが今、雨のように大量に降り注いでいる。おかげで、下は完全に電気で覆われることになった。

こりゃひでぇ！　ここまでやらんでもいいだろぉに！

この電気の爆破に、当然、男も巻き込まれる。

爆破に触れた男の体はすぐに塵となった。

塵となった後、すぐに再生する男。でも、その後また電気の爆破を受けて塵に。これじゃあ再生できないわな。

いくら強力な再生能力を持っていようが、能力である以上、必ずどこかに限界がある。

サティアの奴、その再生限界まで倒すのが面倒になったな～？　こんな力技で押し切ろうとか、味気ねぇわッ。

「……」

それにしても……あの男の再生、やっぱり異常だよな。

普通、再生てのは肉体があってこそ成り立つもんだ。

なのに、コイツは、完全に体が消し飛んでるにもかかわらず、再生している。

最初は瞬間移動的な力で回避してんのかと思った。でも、そうじゃねぇ。コイツは間違いなく、何もねぇ所から再生してる。

最早、再生じゃなくて創造だ！

いってぇ、どうやってあんな能力、身に付けたんだ～？

「ハン！」

俺は雷の爆破で埋まった地面を見る。

ま、もうそれ、確かめようもねぇけどな。

□□□

【ウティア視点】

おいおいおいぃぃ!! どうなってんだよこりゃあ!?

もうかなりの時間経ってんだぞ!? それなのに――――どうして男はまだ再生してんだ!?

俺らの家まで来るのにもきっと再生を使ってる筈だ。そして、サティアにより、少なくとも数百回は破壊を受けただろうに……なんで、再生限界が来ねぇんだよ!?

こりゃあ、いよいよヤバくなってきたな。

これまでの戦闘を見てたら分かる。アイツ、再生すればするほど力が増してやがる。しかも、攻撃を受ければ受けるほど、その攻撃に対する耐性が付くというオマケ付きだ。

もし、この電気の雨を抜けられたら――

「――！」

男が電気の雨の中を駆け始めた！

大地の上を埋め尽くすぐらい大量に電気の爆発が起きてるにもかかわらず、男は走り続ける。

電気の爆発が効いてねぇ……！　いや、効いてはいるっぽいが、効果が薄い！　当たっても、一発じゃせいぜい皮膚の一部を焼き落とすぐらいだ。その程度の傷、アイツなら一瞬で治せるッ！

耐性が付いてやがる！　あの程度の電力なら問題にならないくらいに！

だから、アイツは脚を止めねぇ！　攻撃が当たっても減速しねぇ！　治るから、攻撃が当たろうと躊躇しねぇ！

まずい……！

元々、耐性を付けられるのは承知の上だ。遅かれ早かれ、必ずこうなっていた。

だから、サティアは『雷神モード』になった。雷に対応されようと、圧倒的な力で男を捻り潰すために！

でも、もし、『雷神モード』をも上回る力を男が身に付けていたら……ッ！

ある程度、サティアとの距離を詰めると、男が跳び上がった。

当然、空中でも爆発を受ける男。しかし、爆発の衝撃よりも、男の跳び上がる力の方が強いのか、押し戻されるどころかほとんど意にも介してねぇ！

そうして、サティアよりもやや上の位置まで跳び上がった男は、今度こそサティアを殴るため、拳を引く。

サティアは動かない。ジカイフィールドがあるからだ。あの馬鹿は自分の守りに相当の自信を持ってる。

――だから、気付けない！

「バカ避けろサティアぁぁ!!」

「――！」

しかし、俺の忠告も虚しく、男の拳がサティアの腹部左側にぶつかった。

ジカイフィールドによってかなり威力が削られているだろうに、それでもサティアを勢いよく地面に叩き付けるだけの力が残ってる……！

サティアが地面にぶつかったことで砂埃が舞う。その規模はこれまでの戦闘の中で一番小さい。

それでも、こりゃあ……！

「ぐっ……！」

サティアが体の上に乗った土を払い除けながら起き上がる。

そこに、間髪を容れず、攻撃を続けようとする男が突撃してくる。空を蹴るくらい余裕、て訳か。

しかし、そこはサティア、一度攻撃を食らったとはいえ、すぐに体勢を立て直し、右手に持った三叉槍を男に向け、雷撃を放った。

だが、耐性を持った男に雷撃は悪手だ！

男は少し皮膚が焼けて剥がれたぐらいで、ほとんど気にしてねぇ！　ていうか、次の瞬間には治ってる！

「――――ッ！」

雷撃が効かないと見るや、すぐにサティアは三叉槍を振り被り、男を横から断った。

三叉槍に纏わせた電気で男の体を脆くし、脆くなった男の体を横からぶっ叩くことで男の体を千切る。荒業だが、こうなった以上、もう荒業に頼るしかねぇ。

左から右に三叉槍を振ることで男の体を二つに分けたサティア。そこから、サティアは三叉槍にさらに電気を溜め、帯電させる。三叉槍の先に、より高電圧な電気が迸るのが目に見えた。

その三叉槍で二つに分かれた男の体をまとめて左に吹っ飛ばす。

三叉槍がぶつかり、そこに溜まった電気でより脆くなった男の体は、かなりバラバラになって吹っ飛んでいく。

しかし、攻撃の勢いが収まる時にはすでに男の体は元へと戻っており、地面に両手を突いて攻撃の勢いを完全に殺すと、再びサティアに向けて突進した。

サティアはそれを再び三叉槍を振るうことで迎え撃つ。

三叉槍が左脇腹へとぶつかり、再び胴から二つに分けられる男。

サティアは攻撃の手を緩めることなく、三叉槍を振るった勢いを利用して一度回転し、今度は男の頭上から、三叉槍に纏わせた雷を解放しながら男の体を消し飛ばした。

いくら耐性が付いたとはいえ、高電圧を何度も食らっては耐えられなかったようだ。

「────！」

しかし、次の瞬間、男はサティアの後ろで再生を果たしていた。

「────ッ！」

それにすら、かろうじて反応するサティア。反転しながら、再び、三叉槍で男の体を二つに千切ってみせる。

しかし────

「ぐッ――――!!」

その後の攻撃が続かなかった。

男が、サティアの追撃よりも先に再生を済ませ、サティアの顔面に拳をぶつけた。

そのせいで、サティアが一番近くにあった樹木まで吹っ飛ぶ。

サティアがぶつかったせいで、その樹木には大きな亀裂が入り、次第に倒れていった。

「――――」

驚いたぜ。まさか、こんなことになるなんてな。

サティアがまともに攻撃を入れられるなんていつぶりだ？　ここ数百年は見てねぇぞ。

なんなんだアイツ？　実は『人』じゃなかったりぃ？　いや、それはねぇか。

とにもかくにも、こうなった以上は消耗戦だ。どちらが先に相手の体力を削り切るかという勝負。

「…………」

だけどま、サティアが勝つだろうな。

どうやったって、男はサティアに勝てない。

サティアには負けない理由があるんだ。

不公平だけど、仕方ねぇよなぁ。

これが、俺達と『人』の差ってやつだ。

□□□

【ウティア視点】

「――――」


あれからさらに長い時間、戦闘が行われた。

だというのに、未だ勝敗は決まってない。

男はまだ体を再生させている。

それだけでも驚きなんだが……それ以上に驚くべきことが、今、目の前で起きていた。


「――――ッッ!!!」


空中に浮かんでいるサティア。すでにサティアは三叉槍を掲げ、攻撃準備に入っていた。

三叉槍の先には辺り数キロぐらい軽く吹き飛ばせるだろう、巨大な雷の玉が浮かんでいる。

サティアは三叉槍を下に振ることで、その玉を下に居る男に向かって落とした。

「――」

男はその玉を避けることなく真正面から受ける。

玉に飲み込まれる直前、男が笑うのが見えた。

玉が地面に衝突。玉は爆発せず、地面に着いても尚降下し、半分くらい埋まった所でやっと止まった。

あの玉の中に入ったものは一つ残らず高電圧の餌食になる。どれも例外なく塵と化すんだが……。

玉から目を離し、サティアの方を見ると、すでに体を再生させた男がサティアの近くに居て、拳を引いていた。

大規模攻撃の後のせいでサティアに隙が生まれている。男はそれを逃さず、サティアに拳をお見舞いした。

「――ッッッ」

男の拳はサティアの左頬にめり込み、そのままサティアを地面の方に吹き飛ばす。

最早、ジカイフィールドが機能してねぇ！

弾丸のように地面へと向かうサティア。

その宙に居る一瞬の間に体勢を立て直し、なんとかダメージを軽減する。

地面に着地した瞬間、サティアは流れるように駆け出し、着地点から距離を取り、反転。

本来、地面と衝突する筈だった場所に視線を送る。

そこに、サティアが地面に着いてから少し遅れる形で、男が突っ込んできた。吹っ飛ばしたサティアを、空気を蹴り、推進力を得て、追いかけてきたのだ。

サティアは地面に突っ込んだ男に向けて駆け出す。

そして、一瞬で男の近くまで駆け寄って、走りで得た勢いそのままに三叉槍を男に向けて突き出した。

腕を伸ばして突き出した三叉槍は男に突き刺さることは無かったが、サティアが完全に腕を伸ばしきった瞬間、特大の雷撃が三叉槍の先から放たれた。

家一軒ぐらい軽々と飲み込むほどの雷撃。それが直進して数キロ先まで吹っ飛ばす。進路上にあった木々や草花だけでなく、獣も数匹消し飛んでるだろうな。

すげぇ衝撃のせいで白い煙が立ち込める中――すぐに男が姿を現す。

皮膚の所々が焼けて剥がれてるぐらいで、大したダメージは負ってねぇ――どころか、次の瞬間には傷が治ってやがる。とんでもねぇ超再生。

「ははは！」

男は笑いながら、すぐにサティアの腹にアッパーを食らわせた。

攻撃を食らってから、体勢を立て直すまでの間が短くなってる。慣れてきたんだ！

体をくの字に曲げ、百メートルぐらい上空にまで吹っ飛ばされるサティア。

「ガッ――――！」

でも、サティアなら、空中で一度止まり、そこからまた体勢を立て直すだろう――そう思っていたら。

サティアが体勢を立て直すよりも先に、男が跳んでサティアの真横に追い付いた。

そして、またしてもサティアの体に拳をめり込ませ、今度は、下に落ちる自分に付き合わせる形で、サティアを地面に落とした。

地面にぶつかる瞬間、サティアを下に突き出すことも忘れない。

自由落下と男の力が合わさった結果、サティアが地面にぶつかった瞬間、多量の土が一瞬で舞い上がった。まるで大規模な砂の噴水だ。

それのせいで、地形がおかしなことになる。

サティアが落下した辺り……と言ってもかなり大規模だが、その辺りが他の地面と比べて十メートルぐらい下がってる。

まるで、地下に空洞があり、その空洞が崩落したみてぇだ。

下がった大地の中央で、サティアは地面に半分ほど埋まり、男はそのサティアの近くで笑いながら立っていた。

「………」

ありえねぇ。

サティアが『人』に圧されてやがる……！

恐るべき力だ！　なんつう力持ってんだよアイツぅ！

再生限界なんて全然見えねぇしッ、強化の限界も見えてこねぇ！

たかだか『人』のクセして、俺達を相手にここまで善戦するか！

「……」

思わずこっちも笑いが込み上げてくらぁ！

そんなことを考えていたら、サティアが発光。

男から逃げるように、かなりの速さで、下がった地面から抜け出し、木々が生えている所へと潜る。

「ガッ、はッ、ッ、ぁあ!?」

サティアの奴も回復してるなぁ。

ありゃ『加護』が働いてらぁ。

おかげで、上手く呼吸ができるようにはなったみてぇだが、そのせいで痛みを自覚した、て所かぁ？

……ますますとんでもねぇなぁおい。

ジカイフィールドのおかげで力が削れてるにもかかわらずこの威力。バケモンかよ。

サティアの野郎、『加護』のおかげで絶対に負けないいんだぜぇ……？　なのに、この結果はなんだよ⁉

こりゃ、『加護』が無かったら死んでるな、アイツ。

さっきの離脱・回復だって、『加護』の恩恵だ。アイツの意思じゃねぇ。

それは、『加護』が発動しなきゃ絶体絶命だった、ていう何よりの証拠じゃねぇか。

「はぁ……」

こりゃ、こっちの負けだな。


「ぐッ、ッ、クソッ……！　クソがぁ……！　殺してやる……殺してやるッ……！」

サティアが、痛む腹を押さえながらも、男を睨む。

相当、傷が体に響いてるみてぇだ。

「くふふ、あははは ァ……！」

それに対し、男は満面の笑みだ。

まるで、この戦いを心から楽しんでいるかのよう。

おいおい……お前、何度も体消し飛ばされてんだろうがッ。その反応なんだよこぇぇよ⁉

「……ッ」

サティアが手に持った三叉槍を改めて握りながら、立ち上がろうとする。

めちゃくちゃ必死だなぁおい！　最初の余裕はどこ行ったよ⁉

このまま放置してると、また戦闘を始めかねない。

「──そこまで！　とう！」

ということで、戦いを止めるためにサティアへ近寄り、頭に手刀をお見舞いする。

「──ッ‼」

瞬間、こっちに凄い勢いで振り向いてくるサティア。うおぅッ、めっちゃ目ェ血走ってんだけど！　怖い怖い。

「もう終わりだサティア。これ以上意味なんてねぇよ」

「ふざけるなウティアッ……！　このままで終われるかぁ……！　ここまでコケにされた以上ッ、コイツにはァ！　それ相応の──」

「俺がお前のために動いてなきゃ死んでたぜ、お前」

「──」

事実を言ってやると、目を大きく見開いて固まるサティア。やっぱ気付いてなかったか。

「もう負けてんだよ、お前は。他の助けが無きゃ駄目な時点で、俺らとしちゃあ敗北よ。違うか？」

「…………」

サティアは口を噤み、鋭い目付きでこちらを睨んだ。

だが、そうした所で事実は変わらない。

「だからここまで。大体、先に手ェ出してんのはこっちだぜ？　大人になろうや」

俺がそうやって諭すと、サティアは少しの間だけ歯軋りし、

「………ふん」

観念したかのように、そっぽを向いた。

「という訳でさァ！　先に手ェ出しといて都合がいいのは分かってんだけどさァ！　戦いはここまでにしてくれねぇ!?　これ以上やるってなるとォ！　色々面倒くさくなっちまうんだァ！　勿論、ここまでのことは詫びるからさァ！」

そうして、俺は男にも休戦の提案をしてみる。

ぶっちゃけ、サティアは丸め込めたとしてもさ、こっちが了承してくんなきゃ収まんねえんだよなぁ。

素直に頷いてくれりゃあいいんだけど。

俺の言葉を受け、男は、少しの間、呆けた顔をしていた。

その後、朗らかな笑みを浮かべて、

「いいよ」

「――――」

お、おぉ？　案外素直にのってきたな。

どうやら話の分かる奴らしい。

「ありがとう！　助かるわァ！　そんじゃあまッ、一度家に戻ろうぜ！　お前も招待するよ！」

そうして、俺達は男を連れて家に戻るのだった。

□□□

時は少し遡り――――

【瑠菜視点】

ウティアと呼ばれていた男も、サティアと呼ばれていた男とクシナを追って家を飛び出していった。

残っているのは私と、マティアと呼ばれた女の人だけ。

「も～、ウティア、あれ絶対に面白がってるよ～。戦い止めないいんじゃないかな～。あ～も～、私はただお話がしたいだけなのに～。分かってるのかな～?」

マティアはさっきからブツブツ言いながら何かを心配している様子。

改めて、彼女を見る。

紅の瞳に、眩しいほどの銀髪。袖の無い白のティアードワンピースのような物を着ており、生地の薄い灰色のストールを肩からかけている。目元が柔らかいのと彼女の雰囲気から、穏やかな印象を受ける。そんな感じの女の人。

「………」

クシナが来てくれたおかげで、いくらか冷静になれた。

そうだ、怖いからと蹲っていては何も好転しない。

無力だからと諦めて何もしないこと、それは私が最も嫌悪することだったッ。

しっかりするのよ――華鏡院瑠菜!

一度、深呼吸をする。

「……話、ていうのは」

まだいくらか恐れが残っているからか、やや言葉を紡（つむ）ぐのがぎこちなくなる。

でも、私の声を聞いたマティアは、そんな私の未熟など気にすることは無く、むしろ、私が話しかけたことに目を輝かせて。

「あ――うん！　そうだよねそうだよね！　ごめんね～、なんか色々変なことになっちゃって～」

「い、え……それ、は……別に、いいですけど」

「そうだ！　自己紹介（しょうかい）してなかったね！　私はマティア！　よろしくね、るーたん！」

「……？」

るーたん？　何、その呼び方。

何かしらの総称（そうしょう）かしら？　それとも蔑称（べっしょう）？

でも、私が元居た世界の常識で物事を考えるなら、この最後に『たん』を付ける呼び方は、大抵（たいてい）あだ名であることが多くて。

そして、私の名前は『瑠菜』。

もし、もしもだ、これが何かしらの総称ではなく……ッ、私の名前をもじったものだとしたら……！

「どうして、私の名前を……」

「え？　そりゃあ知ってるよ。アナタの名前は華鏡院瑠菜。性別は女の子で、十六歳。けっこう色々な経験をしてるよね？　弓とか剣とかそこそこできるでしょ？　甘いものが好きなんだね。趣味はお菓子作り……かな？　それ以外にもふわふわしたものが好きで、その服のように、毛皮みたいなのが付いた服やタオルケットがお気に入り。尊敬している人は父親で……あ、ここじゃない別の世界出身なんだよね？」

つらつらと喋るマティアを見て、私の中でまた恐怖がぶり返してきた。

実感させられる。この女の人もまた、私の理解が及ばない化け物なのだと。

「ふふふ、驚いたかな？　私、『母なる神』だから。でも、流石に詳細は分からないの。だから、アナタのことを教えて。私、すっごい気になるんだぁ！　アナタのことも、他の世界のことも！」

そうやって、両手を合わせながらこちらに詰め寄ってくるマティアが、この時の私には歪な何かにしか見えなかった。

□□□

【瑠菜視点】

「────と、現代ではほとんどの人が電気に頼って生活してる訳」

「へ～。電気ってそんなにも色々な使い方があるんだ～。ちょっとビックリ」

マティアに話をせがまれてからというもの、これまで、私は延々と元居た世界について説明していた。

私は家のリビングと思われる場所で話をしている。

話をする前にそこへ通された訳だけど、そこにある木製の長机を挟んで対面で、私達は木製の椅子に座って話をしている。

お互いの目の前には紅茶と思しき物が木製のカップに入って、置かれていた。これはマティアが用意した物だ。けれど、一応、警戒して、一口もこれを飲んでいない。

大分、落ち着いてきたと思う。

彼女が、自分のことをマティアと呼んで欲しい、と言ったので、私はその言葉を素直に受け取って、彼女のことを「マティア」と呼んでいる。

また、最初この世界に来た時は混乱の種であった『別世界』という言葉についても、今ではすんなりと受け入れてしまっていた。まぁ、あれだけ地球ではありえない生態系や現象を見せつけられれば、納得しない方が難しい。

ここまでの経緯だけど、最初はおそるおそるマティアの質問に答えていた。しかし、話を続けていく内に、彼女は本当に地球のことを知りたがっているということが分かり、ならば、クシナが戻ってくるまで知識をひけらかすことで時間を稼ごうと思い、今に至る。

話してみて分かったことだけど、マティアには化学や生物学などについてある程度の基礎知識が備わっているようだった。だから、詳しく説明しなくてもこちらの話を理解してくれる。

おかげで、こちらのストレスが増えることはなく、それも相まって、これまで流暢に話を続けることができた。

本当は、マティアの話も訊きたかった。

でも、それで機嫌を損ね、危険に陥ったら元も子もない。

なので、こちらからマティアに質問をするのは控えている。せめて、クシナが戻ってくるまではこのスタンスを貫くつもりだ。

これでも、私は地球では〝天才〟だったの。お父様の趣味に付き合っていたこともあり、地球の知識なら腐るほどある。いくらでも時間を稼いでやるわ。

……とはいえ、それにしたって遅い。もう日が暮れかけている。

ストレスが増えることは無いと言っても、全くのノンストレスという訳ではないのよッ。

未だ、彼女との対面は私に緊張と恐怖を齎している。流石に、ずっとこれでは気が滅入ってくるわ。

……けっこうな頻度で来る揺れ、遠くから何度も響いてくる音、未だ誰も帰ってこないことも加味すると、まだ戦闘が続いていると考えるのが自然。

ほんの少ししか彼らの実力を見てないけど、それでも、私には無いとてつもない力を持っているのは分かった。まるでアニメみたいな力だった。

私には理解できない領域。それでも――クシナが敗北するとはどうしても思えなかった。

同じ強大な力を持つ者同士。でも、クシナには再生能力がある。クシナ自身が語ったことや、ここに来るまでに見たことを加味して考えると、クシナの再生能力はあまりにも飛び抜けている。そんな再生能力を持つクシナが負けるとは、どうしても考えづらい。

しかも、クシナ本人が言うには、彼の体は再生を繰り返す度に強くなるのだとか。

それならば、そろそろ決着がついてもいい頃合だと思うのだけれど――

「おーす！　ただいまぁ～！」

と、そんなことを考えていたら、丁度、三人が帰ってきた。

「あッ、ウティア！　サティア！　も～遅いよ二柱共～！」

マティアが立ち上がり、三人に駆け寄っていく。

家に帰ってきたのはウティアという人とサティアという人、そして――クシナだった。

誰一人として欠けていない……？　しかも、誰も怪我を負っていないように見える。一体、どういう決着になったのだろう？

「それで、最終的にどうなったの？」

私が訊きたかった質問をマティアがしてくれる。

その質問に答えたのはウティアと呼ばれていた人だった。

「ん？　あ～、ハッ……俺らの負けだよ。バケモンだぜコイツ」

彼は笑いながら、そう答えたのだった。


「――――！」

□□□

【瑠菜視点】

「最初はサティアの方が圧してたんだぜ～？　力では互角でも、技術面に差があったからよ～。でもコイツ、再生する度にギア上げていきやがってさぁ。どんどんと技術の差を力で埋めていくもんだから、それでサティアも引くに引けなくなって、『雷神モード』突入よ」

「え⁉　そこまで戦ってたの⁉」

「そうなんだよぉ。だから、俺も中途半端に止めることができなくなってさ～」

「『雷神モード』ってことは、森の被害も凄いことに……ッ、サティア！　どうしてそこまでやったの⁉」

「……威信を保つためだ」

「威信⁉　威信⁉⁇　そんなもののためにお母様の大事な森を傷付けたの⁉　本当ありえない！」

「………」

マティアが怒っている。

森の破壊がどうのこうのと言っていることから、彼女達にとって森は特別なものだということは察しがつく。

大事なものを壊された訳だから、それは怒って当然だと思う。

ただ、その理屈で言えば、クシナも怒られる対象になりそうだけど……今の所、その兆しは無い。

とりあえず、このまま行くと、しばらくマティアの説教により話が進まないことが容易に想像できたので、そうなる前に、私は手を挙げて口を開く。

「えぇっとぉ……いいかしら？　色々と質問したいことがあるのだけれど……その前に、一つハッキリさせたいの。結局、クシナとその……サティア、さん？　の戦いは、どういう形で決着がついたのかしら？」

ここに来て、初めての質問。

彼らからすれば分かりやすいことこの上ないだろう。

クシナが戻ってきたから強気になった、そう思われても仕方が無い。それに、事実そうなのだから言い訳のしようも無い。

でも、どう思われようと、このまま無知のままでいるよりはずっといい。

だから、少しでも強気に出られる時に質問をして、情報を引き出すしかない。

「サティアでいい。なんだその敬称は。気持ち悪い」

「ッ、ごめんなさ――」

「もう！　どうしてそんな言い方するの！　せっかくるーたんの方から口を開いてくれた

のに！」

「ふん」

マティアが注意するも、サティアはそっぽを向くだけ。どうやら、態度を改めるつもりは無いらしい。

「あー、そうだな、嬢ちゃんの言う通りだ。話が脱線した。あ、ちなみに、俺のこともウティアでいいぜ！」

「え、ええ、よろしくね、ウティア」

「おう！」

事前にマティアから、自分にも、ウティア、サティアにも敬語は不要、と言われていたので、実際そのようにする。

どうやら、それで正解だったみたいだ。機嫌を損ねなくて内心ホッとする。

「それで〜、決着だったな。最初にも言ったように、そこの坊主の勝利だよ。『雷神モード』になったサティアは一種の災害。めちゃくちゃつえぇ。そんなサティアの攻撃を受けても坊主は変わらなかった。体を破壊されても再生するし、サティアとの実力差もどんどんと埋めていくしで、最終的にはサティアを上回った。流石に、『雷神モード』のサティアを圧倒する姿を見た時ゃあ戦慄したねぇ」

「……信じられない」

マティアが驚きながらクシナを見やる。

「でもま、サティアには『加護』があるだろ？　だから、このままじゃ泥沼化すると思って、俺が一つ提案したのよ――先に手を出したことは詫びるから、それで手打ちにしてくれないか、て」

かご……？　それって、ゲームとかでよくある『加護』のこと？　そもそも、今回の話に『加護』がどう関係してくるのかしら？

また分からないことが増えた……。

「なるほどね～。そういう決着かぁ」

そう言いながら、マティアはまたしてもクシナに視線を送る。

「ただ者じゃないとは思ってたけど……まさかサティアに勝っちゃうなんてねぇ。凄いね」

「ありがとう」

マティアの称賛に、クシナが素直に応じている。

「くー君がそんなに強いなら、もしかして、同じ場所から来たるーたんにも、何かしら特別な力があるのかな？　そこの所、どうなの？」

マティアがニコニコと笑みを浮かべながらこちらに問いかけてきた。

というか、くー君て。話の流れからしてクシナのことだと分かるけど……まただ。どうやら、彼女には人の個人情報を知る術があるようだ。

でも、マティアの言葉の中には、それ以上に気になるものがあって。

「え？」

不意に気になる言葉を言われ、一瞬、言葉に困ってしまう。

同じ場所から来たって……それはこの結界内に入る時の話でしょ？ 地球に住んでいた私にそんな特別な力がある筈ないじゃない。

「私とクシナはたまたま森の中で出会ったのよ。別に同じ場所出身という訳ではないわ」

「え？ そうなの？ でも、二人共、別世界出身だよね？」

「「え？」」

マティアの言葉に、今度はクシナも驚き、口を開いた。

待って、ちょっと待って！ 今……今、なんて……？

「………クシナ、アンタ……地球出身なの？」

「あ、瑠菜さんもそうだったんだ。偶然だね。なら、記憶喪失とか言う必要なかったなぁ。ごめんね、嘘言って。あぁ言った方が円滑に物事が進むと思ってたんだ」

「――」

クシナの告白に絶句してしまう。

何……何よそれ……！　だったら、前提から大きく変わってくるじゃない！

同じ地球出身？　記憶喪失も嘘？　彼も私と同じ状態だった？

意味が分からない……意味が分からない……！

「な、なら！　その馬鹿げた力は何!?　明らかに地球人のそれを大きく凌駕してるじゃない！　その力、どうやって手に入れたのよ!!」

クシナが同郷出身だとどうしても受け入れられない私は早口でまくしたてる。

だって、そうじゃない！　クシナが同郷出身だと分かっていれば、しなくていい気苦労がいくつもある！

それに、クシナが同郷だとしたら、クシナも私と同じ状況に置かれていたことになる。置かれた上で、クシナはそれを乗り越えた。もしそうなら……もしそうだとしたら……私はッ。

この問いは私の衝動的行動から来るものだった。

でも、それがどう作用したのか分からないけど――この問いのせいで場の雰囲気が一変する。

マティアは変わらず笑顔だったけれど、どこか相手を見定める目付きに変化したように感じ、サティアは変わらず仏頂面だったけれど、視線をこちらに戻して、ウティアですら笑みを引っ込めて真剣な顔でこちらを見ていた。

「そうだね。それは私も気になるかも。どうやってくー君はそんな力を手にしたの？」

「え？ うーん、それは……」

クシナが上の方を見ながら考え出す。

彼は答えに迷っているようだった。

「僕自身、よく分かってないんだよね～。ただ、あったことをありのまま話すと――」

そこから、クシナはポツリポツリと、地球で死んでからこの世界に来るまで何があったのか・どういう経緯で『スキル』を貰ったのか・実際に使ってみたら聞いていた内容と齟齬があったことなど、詳しく話し始めた。

『……』

私達は、基本、それを黙って聴いていた。

クシナの話は密度の濃いものだった。

最初の方は「私は女神に会っていない！」とか「『スキル』なんて私は知らない！」とか不公平を叫弾したい気持ちが芽生えた。

でも、話を聴いている内に、その気持ちはどんどんと薄れていった。

私に、もし、クシナと同じような力があったとして……果たして、彼のようにいられただろうか？

話を聴く限り、クシナが貰った力は耐えることに特化していて、戦いに勝つためや精神力を強化する力は無い。

なのに……クシナは元から持ち合わせた自身の精神力だけで、この森での過酷な生活を潜り抜けたと言う。

知らない場所に飛ばされたという恐怖や不安、何度も殺されたことで覚えただろう無力感、それらを一人で乗り越えた？

勿論、クシナの言っていることが全て出鱈目という可能性もある。

でも、目の前には、相手の個人情報を勝手に抜き取る傑物が居る。そんなマティアですら、真剣に吟味してる所を見るに、おそらく、クシナの語ったことは本当なんでしょう。

そんな……そんなことって……。

私は地球人の中では天才だと思っていた。いずれ、どんな人よりも上に立てると信じられ、私自身、それを疑っていなかった。

あらゆる教養を受けてきたから、獲得した技術量は私の方が上かもしれない。

でも――。

この人に、『精神力』、この一点において、確実に上を行かれてる。『精神力』という面で、隔絶された差を感じた。

あらゆる地域を回って、様々な国の上層部が集う場にも出席したことがある。

それでも、こんな差を感じたことは無い。

私は――なんて、『井の中の蛙』だったのだろう。

こんな……こんな人がいるなんて……知らなかった。

私は――。

私がクシナの話を聴いてただただ驚愕していた頃、私とクシナ以外の三人は、ひたすらクシナの話を聴いて吟味していた。

「――やっぱ、他世界の神の干渉と考えるのが正解？」

「そうだね。しかもこれ、多分、管理者側だよ。相当、位の高いのが関わってるっぽい」

「おそらく、コイツらの言う地球の管理者の仕業ではないな。収穫した魂を別世界に送る理由が無い。それも、わざわざ強化してな」

「だとしたら、ロクでもねぇ奴がいたもんだ」

「理由はなんだろ？」

「さぁな。ただ、他世界に干渉し、おそらく勝手に魂を奪うような盗人だ。邪神であることには違いなかろうよ」

　クシナの話を聴いて内緒話をしていた三人が、改めてクシナを見やる。

「アイツ、どう思う？」

「う〜ん、正直、微妙かも。でも、邪念は持ち合わせてないようだよ？」

「だとしても、邪神の使いだろ？」

　急に、サティアが手に薙刀を出現させた。

　それをクシナの方に向ける。

「なら、とっとと排除すべきだ」

「おい！」

「ちょっと！」

「本人に自覚が無くとも、悪しき者に利用される可能性は十分にある。それに、マティアでも確認できない高位な力を持つなど、脅威以外の何ものでもない。他にどのような力を持つか分からない以上、育つ前に殺るべきだ」

　サティアの目に明確な敵意が宿る。

　嘘、またやる気⁉

「やめぃ！」

ウティアがサティアの頭にチョップをかます。

「ッ、何をするウティア！」

「それはこっちの言葉だ馬鹿サティア！　もうさっきの戦闘を忘れたんか！」

「覚えているに決まってる！　あんな屈辱！　だが、俺とお前の二柱がかりでやれば――」

「そもそも、俺がお前の意見に反対なの忘れんな！」

「反対だなんて今初めて聞いたぞ！」

「態度で表してただろ態度でぇ！」

二人のいがみ合いが続く。

「コイツは危険だウティア。冷静に考えろ。今、対処すべきだ」

「危険なものは全部排除するってかぁ？　なら、ここに居る獣も全部処分しないとな～」

「そういうことじゃない！」

「そういうことなんだよ！」

ウティアの言葉を聴いて、サティアの顔が歪む。苦心しているみたい。

「アイツはマティアでも解明できない力を持っているんだぞ！　その中に何か仕込まれていたらどうする⁉　それがキッカケで世界が滅んだら⁉　獣とアイツでは危険度が段違い

だ！」

「――なら、分かればいいんだよ」

二人の言い合いに、マティアが割って入る。

「確かに、今は解明できないよ。でも、時間をかけたら分からない。今決めるには早計過ぎるんじゃない？」

「マティア……。だが――」

「悪しき可能性があるから消す、なんて言葉、お母様が聞いたらどう思うかな？」

「――ッ」

マティアから『お母様』という言葉が出た瞬間、サティアの顔が怒りとは別の感情で歪んだ。

「………時間と言っても、どうする気だ？」

「こうするんだよ」

そう言うと、マティアはこちらに振り返る。

「ねぇ、お二人さん、ものは相談なんだけど」

「「？」」

「良かったら、しばらくここに居ない？」

「はぁ⁉」

マティアの言葉に驚きの声を上げたのはサティアだった。

「おいおい～、無償でここに住まわせるってか～？」

そこに、ウティアも疑問の声を続ける。

「ううん、それだとくー君もるーたんも素直に受けづらいでしょ？ だから、これは交換条件。私達は衣食住を提供する。代わりに、二人にはこちらに情報を渡して欲しいの。分かりやすく言うと、こっちの質問にはできる限り答えてね、てこと」

「なるほどな～。んじゃ、そこに、こっちもできる限り質問に答える、てのを追加すんのはどうだ？ 元々、俺達は詫びをしないといけないっつう話だしさ」

「そうだね、そうしよっか！」

そうして、ウティアまでマティアの提案の賛成側に回った所で、

「ここに『人』を住まわせようと言うのか⁉　正気か⁉」

サティアが大声で反対した。

「正気だよ。こっちの方が都合がいいし」

「だからと言って、こんな汚らわしい存在をこの家に置いておくなど！　ただでさえ、この家に入れるだけでも反対だったと言うのにぃ！」

「――サティア」

サティアの言葉を聴いて、マティアが一度両目を閉じると、真剣な顔をして彼の方に振り向き、

「彼らは別世界出身だよ。禁忌じゃない」

「――ッ」

そう諭すように言ったのだった。

サティアはそれを受け、痛い所を突かれたかのように言葉が詰まり、斜め下に視線を移す。

「……いくら別世界の存在と言っても、同じような存在に違いは――」

「そうだね。でも、生まれ方の違いは大きな違いだよ。この子達に私達の罪の話をするのは間違ってる」

「………」

そこまで言われ、サティアは最後まで顔を歪めていたが……最後には観念したようにこちらに背を向けた。

そんなサティアの態度に苦笑いを浮かべるマティア。

「それで……どうかな？」

そして、改めてこちらを向き、彼女はそう問いかけてきた。

「僕はいいけど、瑠菜さんはどうする？」

「え⁉」

クシナがそう言って私に問いかけてくる。

判断はやッ。

というか、なんで私に……？

いえ、今は返答を考えないと。

「お風呂もあるし、要望があれば服も用意するよ。何より、ここだったら獣も近寄らない。安全に休める。どうかな？」

「………」

良い話のように聞こえる。

でも、これは私達を誘うための罠なのではないか？

油断させるための下準備。

……話を聴いた限り、彼女達が一番興味を持ってるのはクシナのようだ。

なら、彼女達が何か企んでいようと、私は見逃されるかも。

けれど、逆に私だけ森に放り出される可能性もある。

……どうするのが正解？

「……」

クシナを見る。

……彼だけだ。彼だけが、ここで私が生きる生命線。

あの三人がここでクシナを見逃すとは考えづらい。

なら、私もここに残り、彼の傍に居るのが最善。

「分かった。その誘いを受けましょう」

丁度いいことに、こちらに情報を渡してくれると言うし、この機会を活用しましょう。

活用して、この森から出る糸口を見つけるの。

「……」

これ以上、彼に醜態を晒したくないもの。

□□□

その日、結界の中に複数の生物が侵入した。

屈止無とサティアが戦っていたことで、奇跡的にその生物達はマティアに悟られることなく、隠密活動を開始することができた。

ある生物は笑う。黒い体躯を様々な形へと変えながら、結界の縁近くに居た獣を噛み、貪り、笑う。魔獣の祖たる獣がこの程度なのか、と見下し、嘲笑う。

ある生物は笑う。自身から伸ばし、地中に潜らせた木の根を使って、獣を搦め捕り、その獣の養分を根こそぎ吸い取りながら、笑う。まるで、自分の栄養となるよう生かされてきたような獣を哀れに思い、笑う。

それらは絶対の自負を持っていた。自分達は選ばれた、という絶対の自負を。

自分達は『神』に選ばれた。ならば、『神』に選ばれなかった有象無象どもなどに負ける筈が無い――その絶対の自信を以て、結界内の獣どもを蹂躙していった。

全ては主のため。自らを選んでくださった『神』とはまた違う、主と敵対する『神』を殺すため、生物達は牙を磨ぐ。

現状では『神』に勝てない。故に、『母なる神』に探知されない、結界ギリギリにしばらく活動範囲を留め、力を蓄える。

そして、力を蓄え終えたその暁には――必ず、結界内に居る神どもを皆殺しにすることを心に決め、生物達は活動を始めた。

2章　神域解明：安寧崩壊

世界

【瑠菜視点】


あれから、今後どうするかを細かく話し合い、結果、私とクシナは一ヶ月ほどここに滞在することを決めた。

その頃にはすっかり日も暮れており、そこでとりあえず、森で数日間過ごしたこともあり、私達は先にお風呂をいただくことになった。

戦闘で血まみれ泥まみれなクシナから先に入り、次に私という順番だ。

風呂は家の外にあった。露天風呂だ。温泉施設のものと比べるとやや小さめではあるものの、五人くらいなら余裕で入れそうな大きさで、風呂はゴツゴツとした石で囲まれている。

洗い場には滑らかな石のタイルが敷かれており、洗い場と風呂を囲むように、五メートルほどの黄色い竹が隙間なく並べ立てられていた。おかげで、外から覗かれる心配は無い。お風呂の温度も丁度良くて、あまりの気持ち良さに、これまで気持ちが張り詰めていたこともあって、湯船に浸かりながら少しウトウトしてしまった。

そうして、体を洗い、湯で温まった私は、髪をタオルで拭きながら、この世界に来た時に着ていた制服とは別の服を着て、風呂場を後にした。

この服はマティアが用意してくれたもの。ややぶかぶかなこれは元々この家に置いてあった物らしく、白いTシャツと紺色の半ズボンと、大分、質素な物だ。後日改めて私の体のサイズにあった寝着を用意してもらえるらしく、それまではこれで過ごして欲しいとマティアから言われている。

お風呂や清潔な服を用意してもらえただけでも十分なほどだ。着ていた服以外、何も持ってなかったから、本当に助かっている。この上、さらに待遇を良くすると言うのだから、至れり尽くせりね。だからと言って、警戒を緩めたりはしないけど。

風呂に入った私は、夕食までマティアに案内してもらった部屋で過ごそうと廊下を歩いていた――――所で、

「――――！」

廊下の途中にあるバルコニー。そこで、一人の青年を見つけた。――クシナだ。

「……」

元々、夕食の前に、彼とは一度、話をしようと思っていた。

知りたかったから。彼ほどの人が何を考えて、何を思い、今ここに居るのか。

そもそも、どうして、私という重荷を担ぐリスクを背負ってまで、護衛を引き受けてくれたのか、凄く気になったから。

それに、彼は、ここで私が生きていくための生命線でもある。そういう意味でも、やはりきちんと彼のことを知っておかないと。

「ねぇ、クシナ」

私が家の中から声をかけると、彼はすぐにこちらを振り向いてくれた。

「ん、瑠菜さん、どうしたの？」

優しい笑みだ。どんな時でも変わらない、まるで人形のような笑み。

彼はいつもこの顔をしている。

さて、何から話しましょう。

いきなり本題から入ると上手くいかないことが多い。

まずはなんてことない話題から入って、雰囲気を整える所から始めるのが定石よね。

私もバルコニーに出て、さっきのクシナと同じように空を見上げてみる。

「流石は森の中ね。ここまで綺麗な星空はそうそうお目にかかれないわよ」

私がそう言うと、クシナもまた空を見上げ、

「そうだね」

と、私の言葉に賛同した。

「空、見上げていたけど、星、好きなの？」

「う～ん、好きでも嫌いでもない、かな」

「そうなんだ……」

少しの間、無言の時間が流れる。

「……なんで、星を見ていたの？」

「こうしていれば、特に文句を言われることも無いから」

「…………え？」

返ってきた言葉があまりにも予想外で、反応するのに時間がかかってしまった。

文句、て……？

「どういうこと？」

私が質問すると、彼は不思議そうな顔をする。

「どういうことって言われても……文句を言われたくない以上の理由は無いけど」

「文句って、誰に言われるの？」

「さぁ？　それは分からない」

「……？」

なんだろ……？　この絶妙に話が噛み合わない感じ。

私の顔が無理解を示していたからか、それを見て何かを察したクシナは、一度、思案するような顔を見せ。

「何もすることが無い時、やることが終わっている時、ボーッとするしかない時さ、ただボーッとしているだけだと、文句を言われることがある。作業している人や、やるべきことをやってる人の近くだと特に。だから、文句を言われないようにするため、何かをしているポーズを取る。僕が選んだのは星を見ることだった。いや、正確には、少しでも特異な光景を見ること、かな。そうやって、何かに目を奪われてるテイを見せる。そうすると、不思議なことに、文句を言ってくる人が減るんだ。茶々を入れてくる人はいるし、それでも文句を言ってくる人もいるけど、減ることに違いない。だから、今も、そうしてた」

「――」

何、その、理論？

あまりにも違い過ぎる思考に、思わず絶句してしまう。

「趣味、とかないの？　それか、気に入ってる暇潰しとか」

「う～ん、あんまり思い当たらないかな。それに、そんなことをして、無駄に怒られたくないし」

「怒られるって、誰に？」

「親とか、クラスメイト、関わりのある人……全員？」

「――――」

クシナの答えを聴く度に、言葉が続かなくなる。

それでも、訊かなければいけないから。

彼のことを知らないといけないから。

「……何をおいても、やりたいこととか無いの？」

「無いかな。別に、そんなの無くても生きていけるって分かってるし、そんなことをして面倒にみまわれたくない」

「――――。それはッ、……生きているって、言えるの？」

これは、失礼な質問だ。

それは分かってる。

でも、訊かずにはいられなくて。

その問いを受けたクシナは、少しだけ笑みを深くして、

「僕も、そう思う」

あまつさえ、私の言葉に同感だと言ってみせた。

彼の言動のせいで混乱してくる。

「あ、でも、勘違(かんちが)いして欲(ほ)しくないんだけど、死にたい訳じゃないんだよ。ちゃんと僕だって生きたいと思ってる。僕はただ、面倒事を避(さ)けたいんだ。ほら、自分を優先するあまり、誰かから恨(うら)みを買って、死ぬ、なんて馬鹿らしいじゃん。死ぬくらいだったら、他人の言葉を聴いた方が良い。でも、死ね、だとか、僕じゃ達成不可能なお願いとかはちゃんと拒否(きょひ)するよ。そういうのはごめんだ。あーでも、どちらを選択(せんたく)しても死ぬって場合なら話は別かな。そういう時は、できるだけ楽に死ねる方を選ぶかも」

「――」

最早(もはや)、続く言葉が思いつかなかった。

彼がただの言いなり人間であったなら、どれだけよかっただろう。ただ他人の言いなりで、自分で考えるのを放棄(ほうき)している人間であったなら、糾弾(きゅうだん)することができた。説教して、考えを改めさせることができた。

でも、クシナは違う。そうじゃない。

クシナは考えてる。考えた上での結果なんだ。

これまで生きる中で、考えて考えて考え続けて、至った結論がこれなんだ。

この考えこそ、彼が人生の中で掴み取った『正解』であり、価値観。

この価値観を形成させるような環境だった。この価値観以外、形成させないような環境に、彼は置かれていた。これは、そういうことだ。

それは、どれだけ残酷なことだろう。

彼も、自身の価値観を疑問を抱いている。自分の生を疑うぐらい、価値観の歪さに気付いてる。

でも、それでも変えられなかった。変えたら生きていけない環境だった。

変えられず、時間が経ち――今の形に成ってしまった。

なんて……なんてッ……そんなッ。

そうなる前に、誰か救い出してはあげられなかったのだろうか？

私より優れたこの人が、自分で自分を殺すのを良しとしている。肉体という器を生かすために、自分を殺している。

そういう成長をさせた。なんて……なんてッ、酷い……！

「……ッ」

でも、これは言葉に出せない。

出してしまえば、それはクシナを否定することになる。

クシナのこれまでを、否定することになる。

必死に足掻いて生きてきた彼を否定することは——私にはできない。

酷な人生に抗う道を模索し続けた人を糾弾することなど、私にできる訳がないッ。

だって、私は——恵まれた環境に、いたのだから。

いつの間にか、正面から彼に縋るように、私は体を彼に預けていた。そして、どうしても、瞳から溢れる涙を止めることができなかった。

「え、瑠菜さん？ どうしたの？ 大丈夫？ ごめんね」

「……なんでッ、貴方が、謝るの……ッ？」

「だって、流れ的に僕の話が原因でこうなってるんでしょ？ 何が気に障ったかは分からないけど、僕が原因なら、やっぱり謝らないと」

「……そうやって、謝罪したのは……面倒事にッ、なるリスクを……減らすため？」

「うん」

「——ッッッ」

私では、クシナにどうしてあげることもできない。

この時、初めて、私は自分に嫌気が差した。

□□□

翌日、朝になった。

昨日、瑠菜さんが話してる間に泣き出したのにはビックリしたけど、その後「気にしないで」と言われたので、気にしないことにする。

夜ご飯は美味しかった。マティアさんが用意した物らしいんだけど、僕が作る物とはレベルが違った。

何故か、目の前に同じ物があるにもかかわらず、瑠菜さんが、食べる前にこちらに食べた感想を求めてきたけど……あれはなんだったんだろうな。

とにかく、そんなこんなで、今日も朝からご馳走になった訳だけど……。

「よし！　それじゃあ、昨日は色々とあって、くー君達も疲れてるだろうからって後回しにしたけど、改めて、腰を据えてお話しよっか！」

食卓にあった食器などはすでに片付いてる。

マティアさんが皿洗いをするのを僕と瑠菜さんで手伝った。マティアさんは最初、手伝いを受け付けなかったけど、瑠菜さんが強行して無理やり手伝いに入り、僕もそれに付き合った形だ。

その後、改めて木製のテーブルの前に座った僕達を見て、マティアさんがそんなことを言い出した。

「と言っても、昨日、別世界のことは話してもらったし、くー君の力についても聴かせてもらったから、今日は私達が質問に答えるよ！　なんでも質問して！　できる限り答えるから！」

満面の笑みでそう宣言するマティアさん。

ただ、そうマティアさんが言った所で、これまで座っていたサティアさんが立ち上がった。

それに気付いたマティアさんが、サティアさんの方を向き、

「ちょっと！　サティア！　これからお話するって言ったじゃん！　どこ行くの⁉」

そう問い詰める。

すると、すでに背を向けていたサティアさんは、顔だけこちらに向けて、

「今日の務めを果たしてくる。話はお前らだけですればいい」

それだけ言って家を出ていった。

「もー！」

マティアさんが怒りを顕にする。

そのマティアさんの横で、

「相変わらず意固地すぎんぜアイツはぁ」

ウティアさんも不満を漏らしていた。

でも、去ってしまったサティアさんのことをこれ以上言及しても仕方ないと思ったのか、マティアさんは一度「はぁ～」と息を吐くと、改めてこちらに向き直る。

「それじゃあま、自己紹介から始めよっか。改めて、私はマティア。お母様から『母なる神』の名で祀り上げられた第一世代の神です。今後もよろしくね」

「はッ――――？」

マティアさんの自己紹介で疑問の声を上げたのは瑠菜さんだった。

でも、そんな彼女の声が届いていないのか、マティアさんは自己紹介を続ける。

「それで、こっちに居るのが私と同じ第一世代の神で、お母様から『右神』の名で祀り上げられたウティア。風を操る神だよ」

「よろしくぅ～」

マティアさんの紹介に合わせて、ウティアさんがこちらに右手を振る。

「それで、さっき家を出ていったのが、ウティアと対を成す『左神』サティア。くー君は知ってると思うけど、雷を操る神だよ」

そして、今度は扉の方を見ながら、サティアさんの紹介をするマティアさん。

それらの紹介を聴いていた瑠菜さんはというと、さっきからずっと呆けた顔をしていた。

「ちょ、ちょょっと待って。何、神？ 神って言った？ 今」

「うん、言ったよ。信じられない？」

「そりゃ、そうでしょ。いきなり神様とか言われて、すんなり『そうなんですか』って受け入れられる人、居る？」

「とは言っても、望んで『神』を騙る人なんていないでしょ。それこそ、実際に神でもない限り『神』なんて言わないよ」

「え」

「え？」

「「………」」

何故か二人共、変な反応をし、無言になる。

どうしたんだろう？

「えっと……訊きたいんだけど」

「うん」

瑠菜さんの方から口を開く。

「貴女達の言う『神』って、どんな存在なの？」

マティアさんがカップに入っているお茶を飲む。

「そうだね。ここでちょっと価値観の擦り合わせをしておいた方がよさそうかも」

そう言うと、マティアさんはこの世界における『神』について説明を始めてくれた。

「えっと、るーたんは『神』にも色々な種類があることを知ってる？」

「それは……えぇ。太陽神とか暗黒神とか」

「ううん、そういう名の違いじゃなくて。世代神と創造神の違い、て言えば分かるかな？」

「……世代神？」

「そっか、そこからか……」

瑠菜さんの言葉を聴き、マティアさんが思案するように、一度、顔を伏せる。

「るーたん、創造神は知ってる？」

「えぇ、知ってるわ。世界を創造したと言われる神よね？」

「うん、そう。でも、実は創造神なんてものはいないの。いるのは、世界を管理する神のみ」

マティアさんはそう言うと、どこか遠くを見るように視線を別の方に向け、話を続けた。

「この世界の話をしよっか。この世界は最初、この世界を管理する『神』と植物しかなかったらしいの。この世界を管理する神・『豊穣神』ナリティア。私達が「お母様」と呼ぶ方ね。この方が世界に植物を咲かせ、世界を管理していた。でも、ある時、お母様の想像していない事態が起きたの。それが『獣』の発生。『根源なる獣』と呼ばれる原初の獣の誕生。今は、この辺りの空間と、世界の裏側にしか存在しないわ。でも、当時の獣の数は今とは比較にならないほど多く、そして、どこにでも生息していた。それで、元々大量の植物を管理していたこともあって、お母様の手が回らなくなっていったの。お母様も、当時はかなり苦心したって言ってたわ」

「……」

「それで、お母様は獣一体一体の能力を測り、特に優れた個体を七体選別した。そして、自分と同じ二手二足の体を与えたの。獣だった者に獣を管理させるために。それが後に『第一世代』と呼ばれる神が誕生した瞬間、つまり、私達が誕生した瞬間ね。世代神というのはね、お母様によって『神』にしてもらった者達のことを指すの。ちなみに、お母様のように最初から世界を管理するために存在した神のことを『一なる神』と呼ぶんだって」

「……世代神や一なる神、だっけ？　それについては分かったわ。世界創造秘話もね。でも、それは、人が神を語りたがらない理由にはならないわよね？　そこら辺はどういうことなの？」

「そうだね。今はそっちの方が重要だよね。じゃあ、ちょっと話を飛ばそっか」

そう言うと、マティアさんは「どこから話したものか」と思考を巡らせ始める。

「……るーたんはさ、さっきの話から、どうやって『人』が生まれたと思う？」

「……豊穣神様が人を創り出した、とか？」

「ううん、違う。お母様は絶対に『人』を創ったりしない。文明を創れるような知性は数多く存在してはいけない、と昔、お母様は口を酸っぱくして言っていたから。『人』を創り出したのは世代神だよ。その頃にはね、私がサティアとウティアの子を産んで、世代神の数は十を超えていたんだけど――」

「ちょっと待って。貴女、確か、母なる神と言っていたわよね？　それの由来って……」

「ふふ、るーたんは察しが良いね。そうだよ。私が母なる神という名を貰えたのは、次の世代の神を数多く産み落としたからなの。私が産み落とした子達は後に『第二世代』の神と呼ばれるようになったわ」

「……」

瑠菜さんは若干引いているようだった。それが、神を産んだという偉業からか、それとも、二人の男性の子供を産んだからかは分からなかったけれど。

「話を戻すわ。その『第二世代』の神なのだけれど、その内の一柱がね、お母様の言いつけを破り、大多数の獣を『人』へと改造したの。それが、この世界に『人』が生まれた理由」

そう語るマティアさんの顔には、悲壮感が漂い始めていた。

「言いつけを破ったその神はすぐに処分されたわ。でも、生まれた『人』を処分することはしなかったの。お母様が、それを拒んだから。「生まれた命に罪は無い。どんな命でも、生まれてしまったのなら尊びましょう」と言ってね。お母様は本当に慈悲深い方だった。でも、それが原因で私達は二分してしまったの」

「二分？」

「そう。私達世代神は全員、お母様のことが大好きだった。でも、それが故に、『人』を滅ぼす派と『人』を存続させる派に分かれてしまったの。『人』という種が誕生したことで、お母様が悲しんだことは事実。なら、その悲しみの元凶である『人』を生かしておくことはできない、ていうのが『人』を滅ぼす派の意見だった。滅ぼす派になったのは全員『第二世代』の神。つまり、私達の子達だった」

「…………」

「私達はそれぞれが信じる理念のためにぶつかったわ。私達の子達は全力で『人』を滅ぼしにかかり、そのせいで『人』は全体の三分の二を消されることになった。そんなことがあって、『人』は『神』を『災害』と呼び、恐れるようになったわ。その恐怖は、時が経ち、世代を超えても薄れることは無い。今も脈々と神の恐怖は語り継がれている筈よ。これが、『人』が『神』を騙りたがらない理由」

「「…………」」

おぉ、なんか壮大な話を聴いた気がする。

神様、神様かぁ。

とすると、マティアさんもウティアさんもサティアさんも凄い人達ってことか。いや、『人』と言うのは失礼に当たるのかな。

そして、この世界の人達は、『神』を『悪魔』や『災害』のように恐れている、か。

やっぱり、住む場所が違うと、違った価値観が芽生えるものなんだなぁ。

「……貴女の話は分かったわ。一先ずは、それを信じておくことにしましょう」

瑠菜さんは瑠菜さんでマティアさんの話を自分なりに噛み砕いたようだ。

そうして、彼女なりの答えを口にする。

「完全には、信じてくれないんだね」

「そうね。生憎と、相手の話を全て鵜呑みにするほどお人好しな性格じゃないの。でも、ここには、貴女達以外、居ない訳だし、そんな状況で貴女達の話を真っ向から疑うのも変な話でしょ？　だから、ここに居る間は、とりあえず、貴女の話を信じておくわ」

「そっか。……それもそうだね。うん、それでいいよ」

「ええ、そうさせてもらうわ。それで、次の質問なんだけど――」

「うん、いいよ。それで、何が訊きたい？」

　この後も、瑠菜さんとマティアさんの話は続いた。途中、ウティアさんが代わりに答えることもあったけど。

「この世界の生き物の中で、貴女達ほどの力を持つ生物は他に居る訳？　特に警戒しておくべき相手とか居る？」

「いや、そりゃ居ねぇ！　俺達は『根源なる獣』を管理するために『根源なる獣』よりもつえぇ存在になった！　そして、大抵の生物は『根源なる獣』よりも退化してる。この世界に『根源なる獣』より強い存在は居ねぇから、実質、この世界じゃ俺ら世代神の力がサイコー……でもねぇか」

「……？」

ウティアさんの含みのある言い方に、瑠菜さんが首を傾げる。

「いや～、思い出したくもない記憶だけどな、昔、とんでもねぇ存在が二体ほどこの世界にやってきてな」

「ウティア、それって……」

「そ、『絶望龍』『希望龍』とか名乗ってたあのクソったれな龍どもだよ。唯一、俺達『神』でも敵わなかった他世界からの来訪者。気を付けなきゃいけない存在っつったら、アイツらくらいかな～」

「他世界からの……？」

「お前らも知らないってんなら、そりゃもうどんな存在か俺も分からん」

「そうだねぇ。私でもあの龍のことは全く分からなかったし……出会わないように祈るくらいしか、対処法は無いかな」

「………」

ウティアさん達よりも強い龍、か。そんな凄い存在もいるんだ。

隣を見ると、不気味な存在の話を聴いて思案顔になってる瑠菜さんの姿が見えた。

「ま、そんな気にする必要はねぇと思うぜ？　なんたって、アイツら、もう百年近く世界の裏側から出てきてねぇって話だし～」

「世界の、裏側……」

また出てきた、世界の裏側って言葉。

どういう意味なのかな？　瑠菜さんも気になったのか、復唱してるし。

でも、すぐに瑠菜さんは表情を切り替えて。

「まぁ、いいわ。まだこの世界には気を付けなければならない存在がいることは分かったし。先に別のことを質問させてもらうわね。この森から出るには、どこに向かうのが一番良い？」

「う～ん、この場所は森のド真ん中に位置してるからな～。どこに向かおうともかかる時間は一緒かも。あ、でも、この森から出て『人』の街に行きたいなら、北西に向かうのが良いよ。北西方向にある街が、この森から一番近い『人』の街だから」

「そう。……それで、先程言っていた世界の裏側って？」

「この世界の反対側。お母様の力が及ばない場所だよ。植物が一つとして生えていない荒涼とした大地。行かないことをオススメするよ」

「私が貴女達のような力を得るには、どうすればいいかしら？」

「神の力を扱いたいってこと？　お母様に気に入られれば話は別だけど……基本、無理だよ。諦めた方が良い」

「この空間は何？　どうしてここだけ外と分けられてるの？」

「ここは『根源なる獣』を管理すると同時に隔離する場所だよ。『根源なる獣』の力は強過ぎるから、外の世界に出してしまうと、簡単に生き物の均衡を崩してしまうの。そうならないようにするために、ここはお母様が創った結界なの」

「じゃあ、次の質問だけど――」

□□□

瑠菜さんは次々と質問を繰り返していった。

小さいことから訊いておかねばまずいものまで、瑠菜さんは自分の中の疑問を全て出し尽くすまで口を開き続けた。

あまりにも長過ぎたせいで、途中、ウティアさんが地面に突っ伏してウトウトしたりもしていた。

そうして、気付けば、すでに昼ご飯の時間も経過していて。

「おい、戻ったぞ。……て、まだ続けていたのか」

外で何かをしてきたっぽいサティアさんが家に戻ってきた。

そして、未だ話が終わっていないことに若干引き気味になる。

「あれ、サティア？　てことは……もうお昼⁉　ヤバッ！　ごめ、待ってて！　今すぐご飯作るから！」

「あーいい。急がなくても大丈夫だ。武器の手入れでもしながら待っている」

「それなら、私も料理手伝うわ」

マティアさんとサティアさんが話している所で、瑠菜さんが口を挟む。

「何？」

「これでも、私の居た世界ではプロに並ぶと言われていたのよ？　あらゆる調理法を修めてるから、役に立てると思うわ」

「キサマが？　料理を？」

「いや、そんなの悪いよ！　いいから座ってて！　私が作るから！」

「用意するのが遅れた原因は私にもあるわ。いいから手伝わせなさい。それとも、知られたら困る秘伝でもあるの？」

「い、いや、それは無いけど……」

「なら決まりね。ほら、さっさとキッチンへ行くわよ」

「ちょ、ちょっと、るーたん⁉　あ、あのッ、ほら！　るーたんはお客様な訳だしッ、ここは私が――て聴いて⁉」

マティアさんが瑠菜さんに両肩を押されてキッチンへと向かわされる。

「……」

瑠菜さん、最初ここで見た時はどこか怯えた感じがあったけど、大分それが消えたな。僕がサティアさんと戦っている間もマティアさんと話していたみたいだし、仲良くなったのかな？

「……ふん」

と、そんなことを思いながら二人を見ていたら、サティアさんが横で難しい顔をしているのも見えた。

どうしたんだろう？

「あ、そうだ。サティア～！」

そこで、ウティアさんが座りながらサティアさんに話しかける。

「なんだ」

「明日からのお務め、しばらく俺にやらせてくれない⁉」

「それは別に構わないが……何故だ？」

「いやね！　コイツにもお務め、付き合ってもらおうかな～って！」

ウティアさんはこちらを指さしながらそう言った。

「何⁉　『人』に『神』の務めを手伝わせると言うのか⁉」

「つっても、ただの見回りじゃねぇか。大した務めでもねぇだろ」

「キサマ……務めをなんだと――――」

「それに、そのついでにやりたいことがあんだよ」

サティアさんの言葉に被(かぶ)せるようにウティアさんがそんなことを言う。

それを聴いたサティアさんは訝(いぶか)しげな顔をウティアさんに向けた。

「サティアはもう戦ったからいいかもしんないけど、俺はまだクシナと戦ってね～んだよ！　だから、務めを果たす途中で、な」

「コイツの実力を測ると？」

「そそ！　それと、実戦経験をさらに積むためにさ！」

「……………」

サティアさんが、腕(うで)を組んで、両目を瞑(つぶ)り、思考を巡らせ始める。

「まぁいい。好きにしろ。その代わり、務めはきちんと果たせよ。手抜(てぬ)きは許さん」

「あいよ～！　ありがとな～！」

「ふん」

サティアさんは、手を上げながら礼を言うウティアさんを一瞥した後、また外へと出ていった。

「つー訳だ！　話がついた後で言うのもなんだけど、明日からちょっと俺に付き合ってくんね!?」

「いいよ」

そして、完全に事後承諾だけど、ウティアさんが僕に協力を求めてきたので、僕はそれに了承の意を示したのだった。

□□□

あの後、マティアさんと瑠菜さんが作った昼ご飯を食べたんだけど、マティアさんが昼からは家の掃除や物の点検、薪や食料などの調達をしないといけないと言うので、話は中断。続きはまた明日の午前にすることになった。マティアさん達はこれらを毎日やるらしい。

とはいえ、僕から訊きたいことは特に無かったので、それは別にどうでもよかった。

それで昨日は、瑠菜さんと僕はマティアさんを手伝うことで時間が過ぎていった訳だけど――。

翌日、僕はウティアさんの仕事の手伝いをしていた。

「まぁ、お務めつってても、ただの見回りだ。森に変わったことがないか調べるだけの簡単なお仕事。森に変な仕掛けや傷ができてないか、とか、獣達が悪巧みをしてないか、とかを調べるんだ。たまに、結界内に入り込んだ毒蟲が木々に悪さしたり、結界の外に出ようと画策した獣達が面倒なことをしてたりするからな～。んま、もうかれこれ管理を始めて七百年は経つ！　今じゃそんなことはめっきり無くなったしぃ、気を張る必要はねぇ。気楽に付き合ってくれよ！」

そう言いながら、ウティアさんは木々や獣の様子をつぶさに観察していく。

「あ、そうそう」

説明の途中で、ウティアさんが立ち止まる。近くには痩せ細った一本の木があった。

「こういう木を除去すんのも仕事の一つだ！　こういう風に弱った木ってのは、少しでも延命しようと周りから余分に養分を吸い取っちまうらしいからな～。そのせいで周りの木が吸う筈だった養分が無くなっちまって、枯れる木が増えたら困る！　だから、そんなことにならねぇよぉ、こういう枯れかけてる木はすぐに抜かねぇといけねぇ。だけど、こういう弱りかけの木でも木は木だ。死にたくねぇって頑丈に根を張ってやがる。だからこっちも、少し強引に抜いてやらなきゃいけねぇ」

「へ～」

「こんな風に、な――――!!」

ウティアさんが枯れかけた木に触れた瞬間、彼の手から強い風が発生した。

凄い勢いだ。枯れかけた木なんか一瞬で吹き飛んだ。

勢いはそれで止まらず、奥の木々まで根こそぎ吹っ飛ばしてみせた。

あれ、今の言い方的に、枯れかけた木だけを処分するのかと思ったんだけど……。

「…………」

木々を吹き飛ばした後、何故かウティアさんは固まっていた。冷や汗も流してる……？

「…………やっべ……まぁたやり過ぎちまった……。ま、まぁ大丈夫か！　すぐに新しいの生えてくらぁ」

え、そんないい加減でいいんだ。

……いや、見るからに動揺してるし、なんか自分に言い聞かせてるから、多分、本当は駄目なんだろぉなぁ。

「と、これが一通りの仕事だ。どうだ簡単だろ？」

「うん」

なんか露骨に話を逸らしたな。
まぁ、突っ込んだら話が長くなりそうだし、言わないけどさ。
そんなことがありながらも、ウティアさんはお務めとやらを果たしていく。
僕は後ろから付いていくだけ。
ん～、これ、僕、必要だったかな？　さっきから何もしてないんだけど。
まぁ、ウティアさんからすれば、僕と戦うことが目的っぽいし、これはそのついでって
だけなのかもしれない。
じゃ、特に気にしなくていいか。
話だけはきちんと聴いておいて、後はウティアさんに任せればいいだろう。
その後も、僕はウティアさんの作業に付いて回った。

そして、そんな時間がしばらく続いて。

「――――うし、こんな所だろ」

そう言って、ウティアさんが止まった。

「これで終わり！　っしゃー！　付き合わせて悪かったなクシナ！」

ウティアさんがこっちを向く。

「ううん、いいよ」

ウティアさんの言葉に対して、無難な返事をする。

すると、ウティアさんは気の良い笑みを浮かべて「にししし」という声を出した。

「思ったんだけどさぁ！」

ウティアさんがまた歩き出す。その彼の目は、どこか柔らかいものへと変わっていた。

「クシナって、テイルティティアに似てるわー！」

「……？」

僕は首を傾げる。

「俺らの子供さ！『魔使の神』っつってな！　俺ら神だけじゃなくて、獣ともすっげぇ仲良くなれる奴だったんだ！」

「へ～」

「アイツさ、とにかく優しい奴でよ～。頼みを断る姿なんかほとんど見たことねぇ！　ずっとニコニコしててさ～。誰にでも寄り添って、自分が損することなんかなんとも思ってね～。馬鹿みたいに良い奴だったんだ」

「そうなんだ」

「容姿とかは全然ちげぇのに、自分度外視で他人の頼みを聴く所とかは、な～んか似てんだよな、お前と！」

「そっか」

「リアクションうっっす！　まぁいいけど！」

ウティアさんはそう言いながら、一度、会話を切った。そして、脚を止める。

「とうちゃ～く！」

僕達が立ち止まったのは、丁度、目の前が拓けた場所だった。

かなり広いな。周囲数キロはありそう。

「ここは？」

「修練場だぁ！　戦闘訓練するならココって決まってんだ！」

「へぇ～」

ウティアさんが『修練場』と呼ぶこの場所には、草木が一切生えていなかった。まるで手入れされたグラウンドみたい。

この場所は、この森の中でも一際背の高い、やや黒ずんだ樹木に囲まれている。

「この場所は特別なんだ！　なんせ母様が用意した場所だからな！　『世界の言の葉』っつう何ものも逆らえない強力な力が働いてるから、どんだけ暴れても森に被害は行かね～。存分に戦り合える場所って訳だ！」

「そうなんだ、凄いね」

よく分からないけど、どうやらココは、戦闘をするにはうってつけの場所らしい。

ウティアさんがこちらに振り向く。

「てことでよ、クシナ！　俺と戦ってくれよ！　全力でさ！」

ウティアさんが大きな笑みを浮かべてお願いしてくる。

「いいよ」

それに対し、僕もいつもの笑みを浮かべて、了承の意を返した。

「そう言ってくれると思ったぜ！」

僕達は拓けた場所へと脚を踏み入れていく。

「とはいえ、俺は殺し合いがしたい訳じゃねぇ！　だから、全力でって言った所わりぃけど、いくつかルールを決めさせてもらうぜ！」

「ルール？」

「おう！　お互いやり過ぎないためのルールだ！」

ある程度、歩いた所で、僕達は立ち止まった。

僕達は向かい合う。

そこで、ウティアさんが指を立てた。

「ルールその一！　この広場からは絶対に出ない！　故意に相手を外へ出すのも禁止だ！」

「分かった」

「ルールその二！　相手が気を失うか、相手の口から『ギブアップ』という言葉が出た時点で戦闘は終わり！　相手を殺さないようにしましょう！」

「はーい」

「ルールその三！　相手の話には基本、応じること！　無視して攻撃してくんなよ！」

「うん、分かった」

「ルールその四！　手加減禁止！　俺はお前の実力が知りてぇんだ！　下手な手抜きはしてくれるなよ！　ルールを守りつつも、全力でやろうぜ！」

「分かった」

ウティアさんは立てていた四本の指を下げると、一度、両目を瞑った。

「……俺の実力はサティアとそう変わらねぇ。だから、初っ端から全力で行かせてもらうぜ」

ウティアさんが目を開きながら、そう宣言する。

僕がそれに頷いて応えると、ウティアさんは元々浮かべていた笑みを深めた。

「そんじゃま、とにかく離れよう！　この距離で始めんのはアホだぜ！」

「はーい」

僕とウティアさんは二十メートルほど離れる。

そして、また向き合った――瞬間！

ウティアさんを中心に強烈な風が四方八方に向かうよう発生した。

「そういや教えてなかったよな！　俺達は全力を出すと姿が変わるんだ！　まっ、変わるって言うより戻るって言った方が正しいんだけどな！」

緑色の光を発しながら、姿を変えていくウティアさん。いや、発しているというか、淡い緑の光を彼が纏っている形だ。そして、光が強くなるのに比例して、彼の服装も変わっていく。

鬼の角を左側だけ再現したような、金属製の額当て、手から肘までを覆う甲冑と脚の膝までを覆う甲冑、上下それぞれの甲冑の下には黒い長袖長ズボンの衣服を着ており、その衣服に幾つか緑のラインが入ってる。防具は全て翡翠色。さらには、ノースリーブのジャケット……かな？　あれ。そんな感じの上着を羽織ってる。

彼の周りには可視化された薄緑の風が荒れ狂っていた。

サティアさんと同じだ。変身した。

先程、ウティアさんは言った――彼とサティアさんの力量は変わらない、と。

つまり、彼も、災害なんかよりも強い力を発揮したサティアさんと同等の破壊の力を有してるってことだよね？

自然と気持ちが昂ってくる。

「これが俺の素の姿よ！　解放することが少なすぎて、『風神モード』なんて呼んだりしてるけどな！」

「へぇ～」

ウティアさんが説明を入れてくるが、そんなことなどどうでもいい。

早くやりたい……！

勝手に強くなった心臓の鼓動が耳に届いてくる。

体温も勝手に上がって、じわりと汗が滲む。

口角が勝手に上がってく。

「待たせたなぁ……！　そんじゃあま、やろうぜぇ！　存分になぁ！」

「うん」

声を張り上げるウティアさんの言葉に、僕は逸る気持ちを隠すこともなく応じたのだった。

2 安息

【瑠菜視点】


「と、そんな感じで発電するのよ」

朝ご飯の後、私はマティアに『発電の仕組み』について語っていた。

昨日は色々と質問に答えてもらったのだが、それは一昨日、一気に情報を渡したことに対するお礼だったらしい。

話し合って、今日からはお互いに一つずつ情報を交換することになった。

「へぇ～！　電気ってそうやって生み出せるんだ！　凄いねぇ！」

相変わらず、マティアの食いつきは良い。

余程、好奇心旺盛なのだろう。

それにしても、こちらを疑う素振りは一切見えない。

別に嘘は言っていないが、それでも、全く触れたことの無い知識を披露されたら、本当に合っているのか確かめたくなるのが世の常なのではないか？

余程、人を疑うことを知らないのか、それとも、以前、私が睨んだ通り、彼女にはなんらかの嘘を看破する術があるのか。

やっぱり、侮れないわね。

「それじゃあ今度はこちらが答えてもらう番ね」

発電の仕組みを一通り語り終えた所で、今度はこちらが質問する番だと主張する。

「そうだね。いいよ～、ドンと来なさい！」

そうやって、マティアは気の良い笑顔を見せて、右の拳で胸を叩く。

正直、この話し合いにおいて、彼女が本当のことを話してくれるかは分からない。

でも、私には私なりの他者の嘘を見抜く術がある。と言っても、話している相手の視線や表情、声の高さなど、そういった細かな仕草から、相手が嘘をついているかどうかを判断する技術で、完璧な訳じゃないけど。

まぁ、別に、ここにしばらく滞在する以上、今、彼女の言葉を疑っても仕方がない。一先ず、ここに居る間は、彼女の言葉を信じておくつもりだ。

私は、今日何を質問するか考える。

「そうね……じゃあ、今日は貴女達の力の原理を教えて」

「……力の原理？」

「そう。サティアには雷(かみなり)を操(あやつ)る力、ウティアには風を操る力、そして、マティア、貴女には人の情報を見る力に人の能力を強化したり弱体化させたりする力があるのでしょう？　その力をどうやって発生させているのか、どのようにして操っているのか、それを知りたいの」

マティア達(たち)の力については昨日訊(き)いた。

しかし、その原理については訊けずじまいだったのだ。

マティア達の話を信じるなら、私には彼女らのような特別な力は使えない。

でも、だからと言って対策しないのは違(ちが)うわ。

せめて、原理だけでも理解して、少しでも対抗(たいこう)できるようにしとかないと。

森の外に住む人は『魔術(まじゅつ)』という特殊(とくしゅ)な力を使うらしい。

でも、マティア達『神』からすれば、それはとても弱い力で、彼女らは覚える必要性を感じなかったらしい。だから、『魔術』についてはよく知らないのだとか。

そもそも、マティア達はずっと森にこもってるらしく、外のことには疎(うと)いのだとか。ほとんど知識を持っていないと言ってもいい。まぁ、人と神の仲は悪いと言うし、それは仕方がないようにも思える。

それならば、と、私は彼女らの力について考えることにした。

外界のことが分からないのならば、そちらの情報は一度諦め、今知れる情報を徹底的に集めるべきだ。

と、そんな意図からの質問だったのだけれど――

「う～ん、そう言われても……私達自身もよく分かってないよ？」

マティアの言葉はいきなり私の出鼻を挫くようなものだった。

「そ、それは、どういう……」

「だって、私達からすれば、この力って手を動かすこととそんな変わりないもの」

「――」

そ、それは……確かに説明できないわね。

完全に感覚的なもの。

人が手を動かす感覚を言語化できないように、彼女らもまた力を発揮する感覚を言語化できない。

それは……参ったわね。

「そもそも、私達の力って『世界の言の葉』に文言を追加したことによって得た力だから、努力や反復によって得た力でもないし」

「待って。世界のコトノハって？」

「え？　あ、そっか。るーたんみたいな別世界の人も『世界の言の葉』の存在は知らないんだね」

その言い方だと、どうやら、この世界の人も知らない、マティア達だけが知る知識のようね。

「『世界の言の葉』っていうのはね、言ってしまえば世界そのものに敷かれている法則であり、世界で起こることを決定する……えっと、なんて言ったっけ？　るーたん達の言葉で言う所の……そう！　プログラム！　みたいなものなの！」

「世界の……プログラム？」

「そう。例えば、今私達をこの場に留めている重力。これも『世界の言の葉』がしっかりと定められているから存在しているの。『世界の言の葉』に、どんなものにも、星の核に引っ張る一定の力が働くものとする、ていう文言が記載されているから、この世界には重力というものが存在できてるんだ」

「何よそれ……世界そのものの形を決定するような力があるってこと？　そんなの、一体どんな原理で動いてるのよ!?」

「さぁ……そこまでは知らないかな。お母様も教えてくれなかったし。ただ、お母様の話だと、この『世界の言の葉』っていうのはどの世界にも共通してあるものらしいよ」

「――――」

マティアの話を聴いて絶句してしまう。

世界の秘密を知ってしまったような気分だ。というか、事実そうなのか。

別に、完全に鵜呑みにする訳ではないが……事実、地球では、これまで、何故（なぜ）、星に重力というものがあるのか証明できていない。

でも、もし、そんな絶対的で、魔法（まほう）的な力によって働いているのなら――それは説明できなくて当然だ。

世界のコトノハ……文言……世界の、言の葉……！

「……まぁ、じゃあ、そんなものがあるとしましょう。だとしたら、それに文言を書き記したのは一体誰（だれ）なの？」

「さぁ……それも分からないよ。話によると、重力とかの文言は世界が創造されると同時にすでに書き記されていたみたいだし」

「………」

神といえど、流石（さすが）にそこまでは分からない、か。

気になる所だけど……まぁ、今は呑（の）み込むことにしましょう。

それよりも、

「その『世界の言の葉』に文言を書き加えることは可能なの？」

「新たな文言を加えることができるのはお母様だけだよ。私達には権限が無いし、何より、扱う文字の難解さと情報量の多さ故に、私達じゃ扱えないから」

「……？」

マティアの言う権限も気になったけど……情報量の多さ？

文字が難解というのはまだ分かる。地球にも、形が複雑な文字は存在していたから。

でも、情報量が多いというのはどういうことだろう。

そうやって、首を傾げる私を見たマティアは、

「口で言うよりも見てもらった方が早そうだね」

そう言って、家の奥にある部屋へと入っていった。

それから少しの間、部屋の中で何かを漁るような音が聞こえていたけど……その後、マティアが一冊の分厚い本を抱えて部屋から出てくる。

「それは？」

「『世界の言の葉』を記すために使われる文字の辞典だよ。ここに、文言の全てが書き記されてる」

そう言って、マティアは本を開いた。

その本に書かれている文字を見た瞬間――

「――ッッ」

目眩に襲われた。

いや、それだけじゃない。

頭が熱い、痛い。

目がチカチカする。

今にも倒れてしまいそうなほどの倦怠感。

何ッ、何これ……ッ！

「るーたんはさ、一年の間に起こったこと、全て記憶してられる？」

「それ、は……無理ッだけど……！」

「この文字一つ一つにはね、それこそ数年分の記憶と同等の情報量が含まれているの。それほどのものじゃないと、言の葉として機能しないんだろうね。つまり、どういうことかと言うと、この文字を理解して記憶するには、それこそ、数年の間に起こったことを一つ残らず全て記憶しておくのと同じぐらいの労力が必要になるの。でも、一年の間の記憶ですらそんなことは不可能でしょ？　だから、実質、私達じゃこの文字を扱えない。情報量の多さ故に無理、ていうのは、そういうこと」

「……」

未だ頭がクラクラする。

こんな文字が存在してるなんて……！

……。

でも、もし、この文字を扱えるようになったら……。

「ねぇ」

上を向いて、瞼の上に左腕を乗せながら、マティアに問う。

「『世界の言の葉』によって決められているもので、重力以外では、他にどんなものがあるの？」

「え？　えっと、それは、例えば、核の形とか、物理法則とか、後……生まれた生命の大まかな運命とか」

「……そう」

なるほどね。

決めたわ。

私は腕を顔からどかし、マティアの方を見る。

「ねぇ、ものは相談なのだけれど――この辞典、しばらく貸してもらえないかしら？」

「へ？」

私の言葉に、マティアは目を見開く。

「そ、それは別に構わないけど……でも、私達じゃ――」

「えぇ、扱うどころか読むのさえ苦労しそうね。でも、もし読めるようになれば、これから先に起こる災いとかも分かるようになるのでしょう？　なら、やってみる価値はあるわ」

それに、と私は続ける。

「無理だと決めつけるのは実際にやってみた後でも遅くないでしょ？　他にやることも無いし。だから、やらせてもらえないかしら？」

「う、う～ん」

私のお願いを聴いて、マティアは難しい顔をする。

やることを許容してよいものか、と悩んでいる感じではない。これが私のためになるのかどうか、ということで悩んでいるような顔だ。つまりは、心配されてる。

それ自体はありがたいのだけれど……でも、ここは譲れない。ようやく掴めた、この世界で生き残るための糸口なのだ。

私はジッとマティアを見つめ、視線で訴え続ける。

「…………はぁ〜」

しばらくそうしていたら、不意に、マティアが大きく息を吐いた。

「分かった。いいよぉ。やってみな？」

そして、私の望みを聞き入れてくれる。

「ありがとう。恩に着るわ、マティア」

「いぃえ〜。でも！　無理はしないこと！　やばいと思ったらすぐに目を閉じて頭を休ませるの。解読する前に脳が焼け切れてしまったら元も子もないんだからね！」

「ええ、分かってるわ。肝に銘じておく」

そうして、私はマティアから辞典を預かる。

表には出さなかったけど、内心ではガッツポーズをしたいぐらい嬉しかった。


ここに来て、自分がどれだけ未熟かを知れた。自分の弱さを、自分の醜さを、嫌でも直視させせられた。

状況が変わった瞬間、私には何もすることができなかった。

これまで、私は他の人とは違うと思っていたし、それを信じていた。恵まれた環境に胡座をかいて堕落する愚者達とは違う、貧しい状況を受け入れて、悲観することしかできない能無しどもとは違うと、信じていた。

私は、どんな状況からでも這い上がり、最高の結果を生み出すことができると、そう信じていたの。

でも、実際はどう？ 全く、何も、できなかった。

私も、私の周りにいた愚者達と、そう変わりは無かったということ。

それがとんでもなく悔しくて、恥ずかしい。自惚れていた自分が、世間知らずだった自分が、とにかく恨めしい。

けれど、それが今の私の現実。今の私の実力。

この事実はどうしようもない。変えることなどできない。悔しいけど、認めるしかない。

——でも、失敗して終わりじゃない。

失敗してからどうするか、それが重要なことを、私は知っている。

失敗は敗北ではない、失敗から何も学ばないことこそ、真の敗北なのだと、教えてもらったから。私の尊敬するお父様に、教えてもらったから、知っている。

私はまだまだ弱い。でも、それを知ると同時に、屈止無に出会えた。あの人と、出会うことができた。

あの人の精神は異常だ。異常と言えるほど強い。最早、精神の怪物と形容しても差し支えないレベルだ。

その精神力には素直に驚かされた。けれど、そうなりたいとは思わない。なれるとも思えないし、なれたとしても、結局は二番煎じ――彼のオリジナリティには及ばない。

それでも、ほんの少しでも、彼に近付けたら。そうしたら、きっと、私は成長できる。この未熟な精神を、少しでも成長させることができる筈だ。

もう二度とあのような失態は演じない。未知の恐怖に覚えて、何もできないなんて愚行を、二度と犯してたまるもんですかッ。

彼に近付くにはどうすればよいか――私も、強くなるしかない。

精神力を強化するために、私も、何かしらの力を得て、彼に近付くしかない。

どんな状況にも対応できる力を、どんな困難にも抗えるような力を身に付けるッ。そして、私も、彼のように、屈することの無いように！

これはそのための一歩。

この世界に来て、初めてできた尊敬する人に、少しでも追いつきたいから。

絶対に忘れない、あの時の悔しさをッ。絶対に手放さない、この気持ちをッ。絶対に、手放して、たまるもんですか！

今後どうするかは決めていない。元の世界に帰るのか？ そもそも帰れるのか？ 帰れなかったとして、どうするか？　それはまだ決められない。

だから、まずは生きる。生きる力を身に付ける。

生きて、私という存在が生きた証明を世界に刻むッ。『華鏡院』に恥じない生き方をする！

私ならできる！　できる筈よ！　何故なら、私は『華鏡院瑠菜』なのだから!!


と、そう意気込んでいたのだけれど――――。

「……何？」

ふと、そんな私を、マティアが温かい目で見ていることに気が付いた。

「ん？　ん～ん、別に。ただ、ちょっと昔を思い出して」

「昔？」

「うん。私の子供のことを」

笑みを浮かべつつも、マティアの顔に物悲しさが表れたことを私は見逃さなかった。

「子供って言うと……昔、貴女達と対立したという、あの？」

「うん、その子達。結果的に、あの子達は、神としては相応しくない行動を取っちゃったけど……でも、やっぱり、どれだけ時が経とうと、あの子達を忘れることなんてできないよ」

「……」

そう語るマティアの顔には、悲哀の気持ちと慈愛の気持ちが混在していた。

「さっきのるーたんの目がね、そっくりだったの」

「……誰と？」

「私の子の一柱と。ライティアって言うんだけどね」

「……」

「決めたことに対する姿勢っていうか、それに向ける目が、そっくりだった。性格も雰囲気も全然違うんだけど、その目だけは、よく似てるなぁって。ライティアと一緒で、るーたんも、これをやるって決めたら、意地でも譲らないんだろうなって、今感じたんだ」

「……あながち、間違いではないわね」

私はそう答えつつ、むず痒さを感じていた。

なんというか、あまり居心地が良くない。

今のマティアの視線は、私を見てるようでそうではなく、私を通して別のものを見ようとしている気がして、少し不快だった。

「……その子は――」

今の状況をなんとかしたくて、話題を変えよう――とした所で、

「たでま～！」

丁度、ウティアの声が聞こえてきた。どうやら帰ってきたらしい。

「おかえり～……て、どうしてそんな泥だらけなの⁉　くー君は服が無くなってるし⁉　もう！　二人共！　まず水で体流してきて！」

帰ってきた二人は泥だらけで汚い格好だった。

それを見て、マティアが怒り始める。

「わりぃわりぃ。いや～、つい白熱しちゃってさ～」

「言い訳はいい！　早く洗ってきて！」

マティアがそう言って、取ってきたタオル二枚をウティアの方に投げる。

それを受け取った二人は、さっさとまた家を出ていったのだった。家の裏で汚れを落としてくるのだろう。

今のゴタゴタで、会話が流れた。

私は一度、鼻から息を出し、手元にある辞典に視線を落とした。

□□□

あれから数日が経った。

この家に来てから三日目にやったこと——僕はウティアさんの仕事の手伝い、そして、瑠菜さんはマティアさんとの情報交換、それを僕達は毎日継続していた。

それ自体は特に問題は無かった、んだけど——

「もう！　なんでそう毎回毎回激しい戦闘してくるの！　そんなにやる必要ある⁉　くー君の服、毎回無くなってるんだけど！」

ウティアさんの仕事を手伝った後、当たり前のように彼と戦闘をするんだけど、そのせいで毎回泥だらけになって帰ってくるものだから、必ずマティアさんに怒られる。特に、僕なんかは貰った服を必ず紛失してくる訳だし。

「い、いや〜、ほら、つい、な？」

「何が『つい、な？』よ！　何も分からないわよ！　自重や加減て言葉知らない⁉」

「だ、だってよ〜、俺らと実力の近い奴なんてここ数百年いなかったからよ〜。サティアは全然戦ってくれねぇしさぁ。だから、ついつい抑えが利かなくなってよ〜」

「それ言い訳になってないの気付いてる⁉　大体、くー君の服、用意してるのワ・タ・シなんだけど⁉」

「ごめんなさい」

「くー君も！　いつも謝るくらいだったらちゃんとウティアに注意して！」

「してはいるよ？　ただ、いつも聴いてくれないけど」

「ウぅティぃア～～⁉」

僕の話を聴くと、マティアさんはさらに目付きを鋭くして、ウティアさんを問い詰める。

それを受けると、ウティアさんは視線を逸らし、ダラダラと冷や汗をかき始めた。

「あ、あ～！　そういや一部確認し忘れてた所があったわ～！　いっけね～！　すぐ確認してくるわ！」

「あ、ちょ――――」

様子を見ていたら、突然、ウティアさんがそんなことを言い出し、そそくさと家を出ていってしまった。

あれ？　そんな見落としが無いよう、順番を決めて回ってるって言ってなかったっけ？

僕の頭に疑問符が浮かぶ。

ウティアさんに逃げられたマティアさんは、そんなウティアさんの後ろ姿を見て「もう！」と腹を立てていた。

□□□

それからまた何日か過ぎて――。

「じゃじゃ～ん！　これを見てください！」

そう言って、マティアさんが、リビングに居た僕と瑠菜さんに一着の服を見せてきた。

服は木製のハンガーにかけられている。

服についてはそこまで詳しくないから、名前は分からないけど、白をベースとした服だった。

黒いシャツ、その上に羽織る白いジャケット、下もこれまた白の長ズボン。白いものばかりだな。

「るーたんの話を参考に作ってみたんだ～。どう？　どう？」

マティアさんがワクワクした様子でこちらに感想を求めてくる。

「いいんじゃないかしら？　日本の都会に出ても違和感ないんじゃないかしら？　どうしてこんなに白を目立たせたのか気になる所だけれど」

「素材の都合上、白か黒にしかできなかったんだよねぇ～。でも、うんうん！　けっこう良い出来みたいだし！　早速くー君、着てみて！」

そう言って、マティアさんが僕にハンガーごと服を渡――そうとして止まる。

「でも、流石に今のままじゃ似合わないよね～」

そんなことをマティアさんが苦笑いしながら言ってきた。

それに同調するように、瑠菜さんも、

「そうね。その内、言おうと思ってたことだけど……クシナ、貴方、もうちょっと身なりを気にしてはどうかしら？ 特に、その髪」

「髪？」

髪、髪かぁ。確かに、まともに手入れしてこなかったから、伸び放題のボサボサだ。

長くなったらいい加減に切って放置してきたし……言われてみれば、気にしたこと無いかも。

「……よし！ じゃあちょっとこっち来て！」

僕は、マティアさんに連れられるがまま、リビングの近くにある部屋へと入っていった。

□□□

そうして一時間後。

「じゃじゃ～ん！ ちょっと整えてみました～！ どう!? どう!?」

僕はマティアさんに部屋へ入れられた後、そこで髪を整えてもらった。

ボサボサだった髪はかなり整えられ、目にかかっていた前髪も、今では切られスッキリしてる。

それで、散髪の後、さっき渡された服を着て、瑠菜さんの所に戻った訳だけど――。

「……へぇ～」

僕を見るなり、瑠菜さんは感嘆の声を上げた。

「大分、見れるようになったじゃない。馬子にも衣装、て奴ね。やるじゃない、マティア」

「へへ～ん！　でしょでしょ!?　もっと褒めてもいいんだよぉ～！」

そう言って顔を綻ばせながら赤面するマティアさん。余程、褒められて嬉しい様子。

「それで、この服なんだけど、一体どんな素材でできてるの？」

そこで、さっきの服の話を思い出したのだろう。瑠菜さんが服についての質問をする。

それが出た瞬間、マティアさんはカッと目を開き、自分の作品を披露するのが嬉しくて堪らない子供のような無邪気な顔になる。

「ふっふ～ん♪　よくぞ訊いてくれました！　実はこれね、光の性質を利用した姿隠しなの！」

「……どういうこと？」

「これね、お母様が創った特殊な物なんだけど、脱げない・焼けない・破れないといった優れ物なの。光を利用した物だから、重さもゼロ！　戦闘を行う者にこれ以上適した物は無いってレベルの超一級品なんだ！」

「そんな大事な物を着せちゃって良かったの？」

「いいのいいの！　どうせ余ってた物だしね～」

瑠菜さんの問いを笑顔で流しながら、マティアさんは話を続ける。

「それでそれでね！　これの凄い所なんだけど……実はこれ、別の服にも変更できるんです！」

「………はい？」

「ささ、くー君、さっき言った通りやって見せて」

「分かった」

瑠菜さんが顔で「何を言っているのか分からない」と表現している横で、僕はマティアさんに促されるまま、先程、彼女に言われたことを実践する。とは言っても、ただ「変われ」と念じるだけなんだけど。

すると、突然、服に異変が生じる。大分、ゆったりとした服へと一瞬で変化したのだ。

「この通り、一つで様々なバリエーションの服装を楽しめるんです！　……設定するのにかなり苦労したけどね」

一瞬、マティアさんがこの服を製作するのにどれだけ苦労したのか、その苦悩を表現するような暗い顔をした気がした。

でも、すぐに元の笑顔へと戻る。

「消えろと念じれば見えなくなるし、出ろと念じたら見えるようになる。どんな人でも体を隠せる服よ。気に入った？　くー君」

「うん、ありがとう、マティアさん」

「えへへへ～、どういたしまして」

マティアさんがまた顔を綻ばせた。

「それは、クロレティアの服だろ？　勝手に使っていいのか」

と、そこで丁度、ウティアさんとサティアさんがリビングに入ってきた。今、マティアさんに問いかけたのはサティアさん。

「問題ないでしょ。元々余ってた物だし」

「だからと言って、本人の了承なしにあげるのはどうなんだ。後々問題になっても知らんぞ」

「大丈夫だよぉ。クロ君はサティアと違って細かくないし器も大きいから」

「こまかッ……！」

サティアさんがマティアさんの言葉によってダメージを受ける。

そんなサティアさんを隣で見て、ウティアさんは笑っていた。

と、そんな三人（？）の様子を眺めていたら、瑠菜さんが近くに寄ってきて。

「……格好いいわよ、クシナ」

「ありがとう」

僕だけに聞こえるよう、小さめの声で褒めてくれた。

僕は、その褒め言葉を素直に受け取っておいた。

□□□

とある日。

その日は特にこれといったことも無く、僕達は平和に過ごしていた。

夕食を済ませ、風呂にも入り、後は部屋に戻って寝るだけという所。

僕は、部屋に戻るため、廊下を歩いていた――――のだが、

「――――、――――！」

どこかから話し声が聞こえてきた。

割と近くからだ。

えっと、聞こえてくるのは……あぁ、マティアさん達の部屋からか。

マティアさん達三人（？）はいつも一部屋で固まって寝ている。だから、部屋の中から話し声が聞こえてきても不思議ではない。

僕は話し声に構わず通り過ぎることにした。

「……お前さぁ！　クシナとルナのこと、ずっと避けとくつもりかぁ!?」

僕の名前？

僕は脚を止める。

「そのつもりだが、何が悪い？」

「何が悪いって……そりゃ印象わりぃだろ!?　ほら、もうちょっと、友好的な姿勢、見せてもいいんじゃねぇの!?」

「何故だ。何故、俺が『人』と関わらねばならん。悪しき『人』などと……」

「サティア、私はるーたんと関わることが多いんだけど、るーたん、良い子だよ？」

「ふん。たった数日接しただけだろ？　それで本質が分かる訳も無し。それに、元々言っている、俺はアイツらを認めるつもりは無いと。だが、そんな露骨な態度を取っては、客人として招いたお前らの面子を傷付けかねない。だから、俺は最大限譲歩して、アイツらに会わないようにしているんだッ。それでいいだろ」

「……そうやって、『人』だからって勝手に嫌悪すんのは、ちげぇだろ」

「我々は『神』だ。線引きは必要だろ」

「………」

うん、聞いてる感じ、僕に気付いてる訳じゃないな。

なら、行っていいだろう。

僕は、この話を聞かなかったことにして、止めていた脚を再び動かし始めた。

□□□

【瑠菜視点】

あれから数日が経過した。

今の所、私達に大した変わりは無い。

クシナは相変わらずウティアの務めを手伝って、私はマティアと情報の交換を行っている。

変わったことを強いて挙げるなら、空いた時間に文字の解読を行うようになったことだろうか。

今の所、あの文字を暗記するどころか解読する術すら見つかっていない。少し見ては休み、少し見ては休みの連続。見る度にうんざりするほど疲れる。

でも、不思議とやめる気は起きない。空いた時間を見つけてはついつい辞典に手を伸ばしてしまう。

もう少しで解読の糸口が掴めそうなのだ。ここでやめるなんて論外よ。

と、文字の解読に勤しんでいた私だけど、一先ず、朝は辞典を置き、マティアとの情報交換に熱を捧げる。

それで、今日はマティアから料理について訊かれた。もっと言えば、お菓子作りについてね。

どうやら、サティアは甘いものが大好きなようで、サティアのためにもレパートリーを増やしたいのだとか。

それならば実際に見せた方が早いと思い、マティアの目の前でお菓子作りを行った。

作ったのは――――エクレア。

「は～い！　それじゃあお菓子の時間で～す！」

昼ご飯を食べてからそれなりの時間が経過した頃、家の中にはサティアを含めた全員が集まっていた。

ご飯とオヤツの時間は必ず全員集まるのよねぇ。

「今日はね、るーたんが作ってくれたの！　新しいお菓子だよ！」

マティアがそう言って今日のオヤツの説明を始める。

ただ、私の名前が出た瞬間、サティアは眉間にシワを寄せて、

「……悪いが、今日はやめておく。俺の分も他の奴が食べればいい」

お菓子を見もせず、この場を去ろうとした。

しかし、そんなサティアを見て、マティアが、

「え～、こんなに甘いのに、食べないなんて勿体な～い！」

あえて聞こえるように、そんなことを言い始めた。

「これまで食べたことが無いくらい甘くて美味しいお菓子なのに～、そっかぁ～、サティアは食べないのか～。勿体ない勿体ない」

マティアが言葉を続けることで、サティアの体がちょくちょく跳ねる。

あれは……興味を示してる？

「なら～、サティアの分も私が食べちゃおっかな～。こんな美味しいものを残すなんて、私にはできないし――」

「待て」

いつの間に振り返っていたのか、サティアはマティアの近くまで寄り、左手でもマティアに動きを止めるよう伝える。

「え、何～サティア～？　サティアは食べないんで――」

「食べる」

「え～？」

「食べる」

有無を言わさぬ固い意思。

あんなにも嫌悪感を示していたのに、「甘い」という言葉だけでここまで変わる？

流石に驚きを隠せないわ。

「……も～、最初からそう言えばいいのに」

そうして、私達全員、テーブルの前に座った。

それぞれの前には、皿に載った二つのエクレアが用意してある。

「じゃあ、食べよっか」

マティアがそう言った瞬間、すぐにエクレアを食べようと、各々が手で持った。

サティアは最初、手に持ったエクレアを見て、唾を飲み込んでいた。

初めて見るものだから味が想像できず、緊張が走ったのだろう。

サティアは、その緊張を圧して、おそるおそるエクレアを口に運んでいく。

そして、一思いに噛んで、エクレアを口に含んだ瞬間、

「――――‼」

驚きで目を見開いた。

その瞳はどこかキラキラと輝いているように見える。

口に含んだエクレアを味わい飲み込んだ後、二口目を口に運ぶ。

そして、次は三口目、四口目と口に含むペースが速くなり――――ついには誰よりも早くエクレアを完食していた。

「なぁ、マティア」

気のせいかしら？　彼の周りに、花がいくつも咲いて、浮いているように見える。

「何～？」

エクレアを完食したサティアを、ニヤニヤとした顔で見るマティア。

「おかわり無いのか？　まだ食べたいんだけど」

しかし、マティアの表情などなんのその。

恥ずかし気も無く、サティアはおかわりを要求する。

「ふふ、そう言うと思って用意してました」

そう言って、マティアは、まだ口を付けてない、皿に載った二個のエクレアをサティアの前に持ってきた。

「助かる」

サティアは、それだけ言うと、またエクレアにがっつき始めたのだった。

まるで子供ね。

「気に入ってもらえたようで何よりだわ」

私がそう声をかけると、サティアがピタッと止まる。

何か屁理屈でも言ってくるのかと思っていたんだけど――

「……そうだな。気に入った。……礼を言おう」

こちらに目を合わせることは無かったけれど、サティアからお礼が来るなんて。

「――」

意外。『甘い物』一つでここまで変わる？

そんなサティアの行動を見て、マティアもウティアも微笑んでる。

……これは、サティアの評価を改める必要があるわね。

□□□

【瑠菜視点】


午後、マティアの手伝いもある程度した所で、空き時間がやってきた。

ということで、私はまた辞典を持ってきて、リビングのテーブルの前に座り、解読を始める。

「――――ッ」

相変わらず、凄い文字ね。

見ただけで一気に疲労が溜まっていく。

だから、見るのは数瞬。脳の負担的に、それが限界。それでなんとか解読していくしかない。

それにしても……この文字、一つ一つが本当に特異で特徴的ね。うまく言い表せないけど……クセが強いというか……。

「――――ッ」

また改めて本を覗く。

もう何度も見てるのに、全然文字を覚えられない。見た文字を思い出すだけでも大変。

くッ……これ、ホント、解読の難易度えげつないかも。

はぁ……これを一ヶ月で解読？　ちょっと難しいような気が……。

「ん？」

あれ？　ちょっと待って。

確か、最初のページの文字……。

「あ」

そうだ。やっぱりそうだ。

この文字のいくつかのクセ――――その中に、他の文字には無いクセがいくつか存在している。

これだ……！　これが鍵になる！

「……、……ン」

文字全体を覚える必要は無いんだわ。数年分の出来事を全て覚えておくことは不可能でも、いくつかは覚えてられる。それと同じことをすればいいのよ！

「……ん、……たん」

そうよそうよ！　きっとこれなら覚えられる！

そうと分かれば、他の文字も、その文字だけにあるクセを見つけて――

「るーたんッてばぁ！」

「――――！」

そこで、やっと我に返った。

……え、マティア……？

「血ぃ血！　鼻血出てる！」

「え？」

私は手を鼻に持っていく。

いや、持っていくまでもなかった。

私はさっきからずっと鼻血を垂れ流していたみたいだ。

前に、本も床も特殊な加工がしてあるおかげで、汚れが染みず、簡単に拭き取れると聴いていたけど、こういうことかと実感する。

私の流した血は、防水マットが水を弾くように、本や床に染みず、弾かれていた。

――て、今、大事なのはそこじゃない！

私、辞典を読むのに夢中になりすぎて、とっくに脳のキャパが限界を超えているのにも気付かず、解読を行ってしまったんだ。

危なかった……もう少し我に返るのが遅かったら、何かしら障害が残っていたかも。

マティアに感謝ね。

「もう！　だから言ったじゃん！　なんでそんな無茶するの！　ちゃんと休憩しなきゃ駄目って言ったじゃん！」

「……ごめんなさい」

私は鼻の付け根を押さえて止血を開始する。

そうやって止血してる間、私はマティアに怒られ続けたのだった。

□□□

【瑠菜視点】

それからまた数日が経ち――――。

その日、私は夜更かしをしていた。

マティアから教えてもらった、『世界の言の葉』と呼ばれる、世界に刻まれた特殊な文言、その解読作業。

やっと、その文言に使われている文字の解読が全て終わりそう。

それが終わっても、熟語の法則や特殊な言い回しなど、まだまだ解読しなければならないことがあるけど、一区切り付きそうなのは事実。

早々に区切りを付けたくて、マティア達が部屋に戻った後も、私はリビングで解読作業を続けていた。

「……ッ」

やっぱり、未だ慣れないわね。

もう、この文字全体を見ようとはしていない。文字の一端のみを目に入れて解読を行っている。

だというのに、とんでもない情報量。すぐに疲労が溜まる。

「はぁ～……」

私は上を向いて、右手で両目を隠した。

今は私一人しかここには居ない。前のような過集中状態になっても、止めてくれる人は居ない。注意しないと……。

そうやって、目を休めながら小休憩を取っている時だった。

「――――！」

近くで物を置く音が聞こえる。

誰？

顔は上を向けたまま、右手を少しだけ浮かせて、前を見る。

そこに居たのは――――サティアだった。

「まだ起きてたのか」

そう悪態をつきながら、彼はお茶をすする。

今、帰ってきたのだろうか？　いつも居ないとは思っていたけれど、毎日こんな時間になってから帰ってきているのだろうか？

右手を目から離し、前を向く。よく見たら、私の前のテーブルの上にもコップが置かれていた。その中にはお茶が入っている。サティアが用意してくれたのだろうか？

「これ、貴方が？」

コップを指さしながら尋ねる。

「なんだ、悪いか？」

「別に『悪い』なんて一言も言っていないじゃない。ありがとう」

私は両手でコップを持ち、少しずつ飲んでいく。

そんな私の様子を見ると、サティアは「ふん」と言って、私から視線を外し、またお茶を口に含んだ。

少しの間、無言の時間が続く。リビングには、お茶をすする音だけが響いていた。

「……それにしても、意外ね」

そう言って、無言の時間を終わらせたのは私だった。

「何がだ」

「てっきり、貴方は私達のこと、嫌っていると思っていたから」

ここで言う『私達』というのは私とクシナのことだ。

サティアは私達を……と言うより、人という種を嫌っている。

だから、こうやって気を利かせてくれることが心底意外だった。

「その認識に間違いは無い。私はキサマらのことを気に入らんと思っている」

「そう。でも、こうやってお茶を淹れてくれるのね」

「………」

そうやって茶化すと、サティアを私を睨みつけてきた。

……少し、踏み込み過ぎたかしら？

今回のこと然り、前のエクレアのこと然り、少しは心を開いてくれたと思ったのだけれど。

「私がキサマらを気に入らんのと、客人に対する振る舞いは別のものだ。俺がどれだけ反対しようと、マティアとウティアはお前らを歓迎し、こうやって住まわせた。なら、お前らは客人だ。客人をもてなすのは当然のことだろう。そんなこともできないと思われるのは心外だ」

「……その割には、敵対心剥き出しな気がするんだけど？」

「頭では分かっていても、心がついてこないこともある。どうやっても俺はキサマらを受け入れられない。だから、できるだけ客人に失礼が無いよう、キサマらと顔を合わせないようにしているのだ」

「………」

なるほどね。

彼には彼なりの矜持があって、配慮がある、という訳ね。

………。

「ねぇ、一つ訊きたいのだけれど」

「なんだ」

「どうして、そんなにも私達を邪険にするのかしら？」

私がそう質問すると、サティアが眉を顰めた。

「何を今更。それはキサマらが『人』だからだ」

「でも、私達はこの世界の生まれではないわ。貴方が忌避する種族とは別のものなんだけど」

「それがどうした。たとえ生まれが違おうと、忌避するものと同じ形であるのなら、それは十分嫌悪する理由になるだろう。マティアは『生まれの違いは大きな違い』と言ったが、俺はそう思わん。生まれも重要だが、重視すべきは今の形だろう」

「今の形？」

どういうことかしら？

私が疑問の声を漏らすと、サティアは鼻息を吐き。

「人の在り方は醜悪だ。生まれが生まれなら、在り方もまた捻じ曲がるのだろうな。奴らは、自分の利益のためなら他の何を犠牲にすることも厭わない。これまで母様が培ってきた自然を壊し、環境を汚染し、好き勝手にこの世界を散らかしていく。これを醜悪と言わずなんと言う。脆弱(ぜいじゃく)でありながら傲慢(ごうまん)。守られてきたことを知ろうとせず、考えようともしない。己(おのれ)が見たいものしか見ようとしないキサマらは、やはり忌避されるべき存在だ。キサマも、そうであろう？」

冷めた目でサティアはこちらを見てくる。

その目から「私の意見になど興味が無い」ということがよく伝わってくる。

今、私達は会話をしている。でも、この会話によって、自分の意見を変えるつもりは毛頭ない、ということなのだろう。

人からすれば、牛は牛で、蟻(あり)は蟻。それ以上でも以下でもないように、サティアからすれば、人は人でしかなく、醜悪な存在以外の何ものでもない、ということなのだろう。

自身と人はどこまで行っても違う種であり、人は見下すべき種。そういう考え方。

そう、そうなの。そういう思考なのね。……でも、それは、それはなんて――

「随分(ずいぶん)と、傲慢なのね。貴方」

「……何？」

「だってそうでしょ？　貴方、人という種を一人ずつ観察して見て回ったの？　そうじゃないでしょ。知ろうと思えば知れるのに、知る術を持っているのに、なのにそれはせず、『人は全員同じだ』と思(おも)い込み、切り捨てている。人という種はこうあるべきと勝手に決めつけている。そんな貴方が一体、人の何を知っていると言うの？」

「……キサマッ」

「人だってね、色々な在り方があるの。神である貴方達でさえこんなにも違いがあるのに、どうして『人はそうではない』と言い切れるの？　当然、人にだって個人差があるに決まっているじゃない。悪い人もいれば良い人もいるし、親切な人もいれば悪意を持って接してくる人もいる。その人が、貴方の言ったことに当てはまるかは――――醜悪であるかどうかは、実際に触れ合ってみなければ分からない筈よ」

サティアの顔に青筋が浮かんでいく。

貴方からしたら劣等種でしかないものね、私は。そんな相手にここまで好き勝手言われたら、誰だって苛立つものよ。

でもね、苛立っているのは貴方だけじゃないのよ。

「貴方、生まれではなくて今の形を重視すると言ったじゃない。その割に、人の現状を知ろうともしていない。目の前に『私』という人の形があるというのに、それすら見ようともしていない。そんな相手に好き勝手言われたくないわ。自分の言葉を全うできていない貴方に、脆弱だの醜悪だの言われたくないッ」

「――――ッ」

私がそこまで言うと、やっとサティアの顔に変化があった。彼の顔に動揺が浮かんだ。

彼にも思い当たる節があったのかもしれない。

……だけれど、彼は。

「……」

そのまま、何も言わずにこの場を去ってしまった。

人なんかに言い負かされたまま、どこかへと行ってしまった。

その後ろ姿を見て、私は。

「……意地っ張り」

□□□

【マティア視点】

くー君とるーたんがここに住み始めて、かれこれ二週間が経った。

二人共、大分、この家に慣れてきた感じがする。

別世界の情報を得るのと、くー君の力の解明のために始めた同居生活。

それは今の所、大した問題も無くやれているような気がする。

別世界の情報をかなり仕入れることができたし、くー君の力についても、全部じゃないけれど、そこそこ解明できてきた訳だし。

このまま行けば、無事、彼らとの同居生活を終えることができるだろう。


だけど、そんなとある日の夜。ウティア、サティア、私の寝室にて。

ウティアとサティアが喧嘩を始めた。

二柱が喧嘩するのは何も珍しいことじゃない。

二柱は双子だけれど、絶望的に感性が合わなくて、これまでもよく喧嘩をしてきた。

でも、くー君とるーたんが来てからというもの、二柱の喧嘩の頻度は日に日に増えていった。

これは、『人』である彼らの受け入れ方が原因。くー君とるーたんに対する考え方が違うからこそ、起こる問題だった。

「いい加減にしろよサティア！　これまでロクに二人と接してこなかったクセに、二人を貶してんじゃねぇ！」

「いい加減にしろ!?　いい加減にしろだと!?　いい加減にするのはキサマだウティア！

キサマこそ、『神』という立場でありながら『人』の肩を持つなど恥を知れ！」

この日の喧嘩は凄かった。

これまで、くー君とるーたんに関する喧嘩では、お互いに手を出すことは無かった。

でも、この日だけは、取っ組み合いの喧嘩にまで発展したんだ。

「ちょ、ちょっと！　二柱共！」

私はなんとか二柱を止めようと口を挟む。

でも、ヒートアップしてる二柱には私の声なんか届かなくて。

「大体、キサマの『人』に対する接し方はなんだ!?　必要以上に『人』と触れ合い、必要以上に『人』と談笑するッ。マティアはともかく、キサマはあんなにも『人』と接する必要は無いだろ！　キサマには『神』としての自覚が無いのか!?」

私は情報交換が目的なので、るーたんとよく話す。でも、情報交換の場以外では、るーたん達との会話は必要最小限にしてきた。

でも、ウティアは違う。彼は割と積極的にくー君と接していた。

サティアが言っているのは、この点についてだろう。

「『人』、『人』って馬鹿の一つ覚えみてぇに……もううんざりだぜ！　そもそも、アイツらは別の世界から来た奴らだ！　禁忌じゃねぇ！」

「だからなんだ⁉　だとしても、禁忌であるものと形に変わりは無い。ならば、性質は忌むべきものであると容易に想像できるッ。忌避して当然だろう‼」

「大して関わってもねぇクセに、なんで分かんだよ⁉」

「接しなくても分かる！　『人』という種に変わりは無いのだから！」

サティアは、くー君とるーたんは『人』だから、例え別世界出身だとしても、忌むべきものに違いは無いと主張する。

でも、ウティアは別の主張を持っていて、サティアの言葉を聴いた瞬間、強く歯軋りをした。

「テメェ！　その決めつけやめろや！」

「決めつけではない！　事実だ！」

「決めつけだろうが！　ロクに知らねぇクセに！　なんも知らねぇクセに！　アイツらは忌むべきだ、て断定できるほど喋ったか⁉　関わったか⁉　それもしてねぇクセにッ、ふざけたことヌかしてんじゃねぇ‼」

ウティアは主張を続ける。

「アイツらは悪しくねぇ！　汚れてねぇ！　そんな『禁忌だ』って言われるような奴らじゃねぇ！　ただ『人』という所だけ見て物言いやがって……どうしてそれが間違いだって

気付かねぇんだよ⁉」

「間違ってなどいない！　『神』として間違ってるのはキサマだ！」

「間違ってるだろ！　そもそも、『人』だからって嫌う時点でもう間違いだ！　そんなこと言ったら、サラティアはどうなんだよ⁉」

「サラティアは……！　……アイツは、特別だ」

「そうだなッ、アイツは特別だ！　でもな、それでも元『人』だァ！」

ウティアの主張によって、サティアは言葉が詰まったように見えた。

「お母様、言ってたじゃねぇか！　『人』の存続を許すって！　なら、もうその時点で禁忌なんて言葉は使うべきじゃなかったんだ！　いつまで古くせぇもんに囚われてるつもりだサティア！」

「………ッ」

「テメェはッ、テメェは……こえぇんだろ？　変わんのが、怖くて仕方ねぇんだ。だから、自分の考えを曲げねぇ、変えねぇ。『人』を受け入れねぇのだって、昔の自分を保つためだろ？　『人』を見て、知ったら、変わるかもしれねぇから……自分が変わるかもしれねぇからッ、関わんねぇんだろ？　そうやって変わんのを恐れてたら、なんも守れねぇぞ！　サティア！」

「……」

私は、途中から二柱を仲裁することを忘れていた。

珍しいことが起きたから。

いつもだったら、二柱共、絶対に考えを曲げないから、お互いに言いたいことだけ言って、へそ曲げて終わり。絶対に相手の言ったことを聴いたりなんてしない。

でも、今回は、ウティアがサティアに一方的に詰め寄ってる。サティアに自分の言葉を届かせてる。

凄く、珍しかった。

サティアは、結局、この後もウティアに反論できなくて、それが耐えられなかったのか、部屋を出ていった。

それを見て、ウティアが、最後に、

「馬鹿やろうがッ」

とだけ言って、この日の喧嘩は終わったのだった。

□□□

【サティア視点】


昔を、思い出していた。

全てが変わってしまったあの日、『人』の存続を賭けて、子供達と袂を分かったあの日のことを、思い出していた。

もう数百年も前か。

あの日、子供達が居なくなった家の中で、俺は子供達が言っていたことを考えていた。

ぐるぐると、子供達の考えと自分の考えが頭の中を巡る。

子供達は「『人』を皆殺しにする」と言った。「それが母様のためにも、この世界のためにもなる」と。

だが、それは、母様に真っ向から「貴女は間違っている」と突きつける行為であり、母様を悲しませる選択だ。俺達が誰よりも信頼する母様を裏切る行為に他ならない。

けれど、子供達の言い分も理解できたのだ。人々は元々、母様の言いつけを破った結果、生まれた負の産物だ。アレらを放置することは結局、母様を裏切ることになるのではないか、と。

つまりは、俺は迷っていた。子供達を止めるか、止めずに見守るか、迷っていた。

この世界を管理する『神』の一柱としては、止めるべきだ。母様は誰よりもこの世界について考えている。『神』であるなら、母様の言葉に従うべきだ。

でも、子供達と戦うという現実を直視すると、途端に迷いが生じる。あの子達と戦うのか？　愛しきあの子達と戦うのか？　なんのために？　忌まわしき『人』を助けるために？

ぐるぐると、対立する二つの考えが頭を巡る。

迷って、迷って、迷って――迷った挙句、俺には答えを出せなかった。自分の葛藤を止める方法が、俺には分からなかった。

だから、直接、母様に話を訊きに行った。自分はどうするべきなのか、どうするのが一番正しいのか、と母様に答えを教えてもらおうとした。

母様に断言されれば、俺は迷わずに行動できる。あの方こそ、俺らの母であり、道標だ。あの方が指示すれば、例え、相手が子であろうと、俺は全てを呑み込んで行動する。

つまりは、責任を放棄しようとした。自ら子を殺す選択をする、という責任から逃げようとしたのだ。

そんな心を見透かされていたのだろうか？　母様から返ってきた言葉は、俺が予想だにしないものだった。

「何をするのが正しいのか、それはサティアにしか分からないことだよ。誰もが自分の中に『正しさ』を持ってる。それは、誰にも去勢できないもので、その命にとって絶対の指針。私だってそう。私だって、自分の中にある『正しさ』に従って行動してる。これが一番、世界のためになるんだって信じて行動してる。だから、サティアも、自分の中の正しさに従って行動してみな？　私の言葉に従うのか、それとも、自分なりの答えを見つけるのか、それは、サティアが頑張って選択するしかないんだよ。大丈夫。例え、サティアがどんな選択をしようと、私は、サティアの味方だからね」

　俺がどんな選択をしようと受け入れる。だから、自分で答えを見つけなさい――それが母様から返ってきた答えだった。

　自分の中の正しさと言われて、初めて気が付いた。俺はそもそも、自分で答えを出そうとしていない。俺以外の誰もが、自分で選択して、自分で責任を負おうとしているのに対して、俺だけが、それから逃げていた。

　そんな情けない自分に、心底、嫌気が差したよ。

　だから、俺は選んだ。自分の選択に責任を持つことを。

　やっぱり、俺にとって一番は母様だ。母様の選択こそ、俺にとっても最善で、最良のもの。母様を信じるという選択を、俺は自分でした。

俺は、この手で自分の子を二柱殺した。

殺したのは『海神』オーレリアと『雄神』オスティア。

オーレリアは優しい子だった。内気でオドオドして、中々自発的な行動は取れない子だったけど、誰かの助けになる、そのことについては迷わない子だった。

オスティアは俺にとって自慢の息子だった。自分の意見を貫き、曲がったことは絶対にしない。弱きを助け、悪を砕く。漢気に溢れた、誇り高い男だった。

そんな二柱と、俺は戦い、殺した。

自分のした選択に責任を持つために、外道になることも厭わず、俺は無慈悲にあの子達の命を摘み取った。

一切の同情をせず、心ない言葉で二柱の心を揺さぶり、果てには、『雄神』の前で『海神』を殺すという、相手が愛す女を目の前で殺すという悪辣な行為にまで手を染めて、俺は二柱を殺した。

「ごめんね、お父さん」

殺される時、オーレリアは悲しい顔をした。

「俺はただ、守りたかっただけだ。皆を——この世界を、守りたかっただけだ。なのに……なんでッ、こんなことに……」

殺される時、オスティアの信念(プライド)は完全に折れていた。

これは全部、俺の選択の結果だ。あんな優しい子にあんな悲しげな顔をさせたのも、自慢の息子のプライドを折ることになったのも、全部、俺の責任だ。

俺は選んだんだ。自分の子供を殺してまで、母様の言葉に従うと――これまでの自分達の在り方を変えないと、選択した。

あの日、この選択をしたんだ。

だから、俺は変わらない。

俺は変わらず『神』で在り続ける。

今日この日も、あの選択をした自分を疑わない。

大丈夫だ、俺は変化(ブレ)ない。変化(ブレ)てない。

俺(おれ)は神のままだ。

大丈夫、大丈夫……。

変化(ブレ)るな、変化(ブレ)るな――。

□□□

【マティア視点】


翌日。

「はぁ……」

昨日のことを思い出し、思わず溜め息が出てしまった。

結局、昨日、サティアが戻ってくることは無く、今日の朝になっても戻ってこなかった。

どこで何やってるんだろ？　サティア。

「何かあったのかしら？」

と、私の溜め息を見ていたるーたんが問いかけてきた。

いけないいッ、今は情報交換の時間！　昨日のことに囚われている場合じゃない！

私はすぐに気持ちを切り替える。

「ご、ごめんね！　なんでもないの！　ささ、今日の情報交換を始めよ？」

私は笑顔を作りながら話を流そうとしたのだけれど、そんな私をるーたんはジッと見つめてくる。

うっ、ちょっと気まずいかも……。

そんな時間がけっこう続く。いや、本当は少ししか経ってないんだろうけど、この時の私には長く感じられた。

ただ、そんな状態の私を見かねてか、るーたんは一度、溜め息を吐くと、

「ねぇ、今日は私から質問してもいい？」

そんなことを訊いてきた。

「え？　それは構わないけど……」

「ありがと。じゃ、早速質問させてもらうわね」

いつもは私が質問した後に、るーたんの質問に答えてる。

それを変えたことなんて無かったから、私は驚きで目を丸くしていたんだけど……。

私は次のるーたんの言葉でさらに不意を突かれることになった。

「貴女達のことを私に教えてくれないかしら？」

「――――」

「昨日何があったか、とかは訊かないわ。その代わり、貴女達のことをなんでもいいから私に教えて頂戴。貴女達がどんな価値観を持っているのか、とか、転機となるような出来事とか」

「………」

るーたん……。

彼女の言葉を全く予想できなかった。

自分のために使えばいい機会を、他人のために使うなんて。

るーたんはこう言ってる——抱えている悩みを話してみなさい、と。

直接的な表現じゃなくていい。なんなら、何があったかすらも話さなくていい。抽象的な表現でも、昨日の出来事が起こった大元だけでもいい。なんでもいいから、話してみなさい、と。

初めて会った頃とは違い、無知ではなくなったから余裕ができたのだろう。でも、それだけじゃこの言葉は出てこない。無知ではなくなったと言っても、それでもまだ、知らないことの方が多いのだから。余裕だって凄く小さなものに決まってる。

それでもこの言葉が出たということは……彼女生来の優しさを証明していると言ってもいい。

賢そうに見えて情に甘い——そんな彼女の性質が前面に出ているような気がした。

「………」

昨日あったこと、そして、その大元となった出来事、かぁ。

昨日の喧嘩が起きた理由——そんなのは一つしかない。

アレだ。

けれど、それを話してもいいのかな？


「……」

アレは『神』の恥部。私達の汚点と言ってもいい出来事。私達の秘密そのものだ。

それを会って数ヶ月も経ってないるーたんに話してもいいのかな？

話して、何か不利益になるようなことがあるかと言えば……。

うん。無い、かな。

知られた所で大した支障は無い。

隠しておきたい秘密ではあるけれど、弱点にはならない。

知られたとしても、例えそれが周囲に広められたとしても、こちらの自尊心が多少傷付き、恥ずかしくなるぐらいだ。

それなら、まぁ……話してみてもいいかな。

それに、今は少しでもこのモヤモヤを晴らしたいし、何より、他人がこの話を聴いてどう感じるのか、そっちの方が気になる。

うん——話そう。

「ちょっと分かりづらいかもしれないけど」

「いいわ、それぐらい」

るーたんの言葉に、思わず顔が綻んでしまう。

こういう時にかけられる優しい言葉って、どうしてこんなにも心を温かくするのかな？

「前にさ、私達は、自分達の子供とぶつかったことがあるって話をしたじゃん？　覚えてる？」

「ええ、覚えてるわ」

「今回のことはね、それが関係してるの」

そして、私はるーたんに、自分達の過去の話を始めた。

■■■

【マティア視点】


実はね、世界に初めて『人』という種が誕生した後から、私達と子供達の仲は険悪になったの。

別に、あの子達が罪を犯した訳じゃない。それでも、自分達の同期であり、そして、兄弟である『神』が起こした過ちだからって、あの子達は贖罪を望んだ。

あの子達は『人』という種の殲滅を買って出たの。

けれど、私達『第一世代』はあの子達の望みを真っ向から突っぱねた。それはお母様の言葉に反する、て。

前にも言ったけど、お母様は『人』を受け入れていた。新しく生まれた生命を尊ぶことを選んでいた。

お母様はね、いつも世界を第一に考える方なの。もし、『人』が本当に世界の害ならば、例え慈悲深いお母様だろうと存在を拒否していた筈よ。そのお母様が赦したということは、『人』の存在はあっていいもので……。

お母様の言葉に、これまで間違いは無かったわ。この時も、きっとそうだった。

私達『第一世代』は、直接、お母様に獣から神へと昇華してもらった存在だから、特にお母様の意見に従う傾向が強かったの。だから、お母様の言葉に絶対服従の意思を見せた。

お母様のことを尊重しているという点では『第二世代』のあの子達も変わらなかったよ。でも、あの子達はお母様の言葉ではなく、お母様の内心を重視していたんだよね。お母様の心の中に見た悲しみを、無視できなかったんだと思う。

それに、あの子達には兄弟がやらかした罪に対する罪悪感があった。その二つがあったことで、あの子達はあんな行動を取ってしまったんだと思う。

あの子達がすべきと主張した『人』という種の殲滅。そんなことをしても、余計お母様を悲しませるだけ、て私達は訴えた。そんなことをしてもお母様は喜ばない、て。

でも、そんな私達の言葉をあの子達は聴かなかった。『人』という種は、必ず世界を悪い方向へと持っていく悪しき種だ、神が禁忌を犯して生まれた彼らもまた『禁忌』だ、てね。

お母様が悲しむことはあの子達も分かっていた。それでもやめなかったのは——『人』という種を殲滅することが、お母様の心の平穏に繋がると信じていたから。

最初は悲しむだろうけど、『人』という悩みの種が消えれば、お母様の心は最終的に軽くなる、とあの子達は信じて疑わなかった。

そのためなら、お母様に嫌われ、最終的に処されることになったとしても構わない、て本気で言っていたの。

本当に、馬鹿で、愚かで、不器用で——優しさに溢れた子達。

そうして、私達とあの子達はぶつかった。

お母様の意思を尊重する私達とお母様の心を尊重するあの子達。私達には、戦うという選択肢以外、残されていなかったの。

でも、まさかそれがあんなことに繋がるなんて——この時は『第一世代』の誰一柱として想像していなかった。

最初は、痛い目に遭わせた後、お母様の下に連れていって、お母様に説教してもらおう、とか呑気なことを考えていたの。それできっとあの子達も改心して、いつもの私達の生活が戻ってくるって信じてた。

――でも、あの子達の意思の力は私達の想像以上だった。

あの子達は、どれだけ傷を負おうと、どれだけ体がボロボロになろうと、決して膝を突くことは無かったの。

自分達の決めたことを果たすために、お母様に報いるために――決して、自分達の考えを曲げなかった。

だから、あの子達を止めようと思うなら……もう殺す以外、無かったの。

私達は選択を迫られた。お母様の言葉を守るために我が子を殺すか、それとも、敬愛するお母様の言葉を無視して我が子の命を取るか、選ばなければならなくなった。

お母様が煮え湯を飲んでまでした慈悲深い決断を蔑ろにするかどうか、決断しなければならなくなった。

……でも、生憎とね、私達にとっての一番ってお母様なの。お母様を蔑ろにするなんて選択肢、私達にある筈が無いの。

だからね、私達は……自分の子供を殺したの。

あのままあの子達を放置していれば、あの子達の願い通り、世界から『人』は殲滅されていたと思う。それぐらい、あの子達は本気だった。

だから、それを止めるために……殺したの。

それでも、被害は出た。神同士の死闘だもの、当然だよね。

特に酷かったのは『雄神』オスティアとの戦闘だね。ウティアとサティアの二柱、『加護』が発動している状態で、私の『加護』も全乗せしたにもかかわらず、あの子は十日間休まず戦い続けた。

間違いなく、『神』で最強はあの子だよ。勝てたのは奇跡。あの子の『加護』の性質上、真っ向勝負しかできないから、なんとかなっただけ。

とまぁ……酷く苦労しながら、大切な子供達を殺してまで、私達は『人』を守った。

これまで大切にしてきたものの大部分を捨てて、守った。……守ったの。

■■■

【マティア視点】

「あの時の選択に悔いは無いわ。もしまた同じ場面に直面しようと、私達は同じ選択をする。………でもね、それでも、子供達を殺した私達に残った影響は大きかった。サティアは、こんなことが起きたのは変化が起きたからだと言い、変化を極端に拒むようになったし、ウティアはウティアで、俺にもっと力があればもっと別の選択もできたって言って、鍛練を始めた。ウティアはウティアらしくなく、頭を使いながらね。もし力が得られるならば変化もやむなしっていうのがウティアの考え。そして、私は——」

そこで私は口を噤む。

私は……私は、なんなのかな？ 何を言おうとしたのかな、私は。

首を横に振る。

「そうして残った影響が、昨日起こった二柱の喧嘩の原因。昨日ね、二柱、凄い喧嘩したの。でもま、当然だよね。変化を拒むサティアと、変化を良しとするウティア、合う筈が無い。でも、それでもね、仲直りして欲しくて……それでちょっと憂鬱になってたって感じ」

「………」

私が話してる間、るーたんは黙って聴いていてくれた。

でも、それで、るーたんが何を思ったかは分からない。

難しい顔で、瞼を閉じながら、思案していた。

「………貴女達に、悔いは無いのよね？」

「――――。……無いよ」

るーたんに改めて訊かれた瞬間、何故かドキッとした。

なんで……そんな質問の答え、決まってる筈なのに。

「なら、私から言うことは無いわね。後悔してないんでしょ？　なら、意見を求めていないってことじゃない。なら、自分勝手に口を挟むのも違うでしょ」

どうやら、私の戸惑いはるーたんに悟られなかったようで、彼女は息を吐いて姿勢を崩しながらそう続ける。

けれど、そう言った彼女だったけれど、一拍置いて、

「でも……そうね、人らしく人並みの感想を言わせてもらうと」

るーたんが改めて瞼を開け、こちらを見た。

「貴女達、もっとちゃんと話をした方が良いわよ」

「え？」

「貴女の意見を聴いてると、絶望的にそれが足りないように感じたわ。相手の言うことを、

ある程度、受け入れる姿勢を作って、話をする。それができていないように感じたわ。今後どうするかは貴女達の勝手だけれど……私は、そうしないと何も解決しないと思うわよ」

「……」

相手の意見を、受け入れる姿勢……。

それは――。

「なんとも、耳が痛い、というか……難しい、話だね」

「やるのは貴女達よ。やるもやらないも勝手にすればいいと思うわ」

「……うん」

そうして、この話は流れていった。

3 崩壊

【瑠菜視点】


マティアの相談に乗った日から数日が経過した。

どうやら、ウティアとサティアの仲はうまくいっていないらしい。

これまで、食事の時は必ず顔を見せていたサティアだったが、ここ数日は顔を出していない。マティア曰く、ほとんど家にも帰ってきていないそうだ。

こればっかりはほとぼりが冷めるまで待つしかないらしい。

まぁ、私が首を突っ込むことでもないし、後は本人達に任せましょう。

そういう考えから、私は深く気にせず、今日も今日とて、マティアと情報交換をしていたのだけれど——

「………」

「……マティア？」

突然、マティアが明後日の方を向いて固まった。

どうしたのかしら？

「何か、来た」

「え？」

マティアはそれだけ言うと立ち上がり、家の外へと向かう。

何がなんだか分からなかったけれど、とりあえず、私もマティアを追って家の外へと出ることにした。

家の外に出ると、マティアはとある方向を向いたままジッとしていた。まるで、何かの様子を窺うように。

「マティア」

流石に心配になり、彼女に声をかける。

でも、彼女がこちらに振り向くことは無かった。

代わりに、

「結界内に何かが侵入した」

何に気付いたのか、その内容をマティアは口にする。

「何かって……何？」

「魔獣……？　にしては、強過ぎ……でも、『根源なる獣』じゃない。獣に戻った訳でもなくて……え、何これ？　こんな情報、見たことない」

マティアは、自分の感じ取ったものが信じられないと言うように瞳孔を震わせ、動揺していた。

彼女でも分からないものって……何？

「――――なら、俺の出番だな」

そう言って出てきたのは――――サティアだった。

彼の姿を見て、私だけでなくマティアも驚く。

「ウティアが務めを果たしている間は、俺が他の問題に対処する、いつものことだ」

彼の手にはすでに薙刀が握られていた。

「マティア、ソイツはどこに居る？」

「わ、私の見てる方、真っ直ぐ。このまま駆けていけばぶつかるよ」

「了解した」

マティアから情報を得ると、サティアはすぐに駆け出そうとする。

「サティア！」

でも、そんな彼を、マティアは大声で呼び止めた。

「気を付けてね。なんか変な感じがする。無理は、しないで」

「……」

サティアは、マティアの言葉に、若干、驚いているようだった。

でも、すぐに笑みを浮かべ、

「問題は無い。『根源なる獣』程度なら『加護』無しでも対応できる。それに、万が一、面倒な相手だったら、ウティアかマティアが来るのを待つさ。やることはこれまでと何も変わらん」

「………うん」

それで会話は終わり、サティアは駆け出した。

マティアは、そんなサティアの向かった先を、不安そうに見ていた。

□□□

僕は今日も、ウティアさんのお務めに付き合っていた。

そして、現在は、大体のお務めを終え、日課の戦闘訓練。

森の中で、僕とウティアさんは戦っていた。

すでに『風神モード』になっているウティアさんは、両手に持った双剣を右に振り被り、まだ僕と距離があるにもかかわらず、その双剣を左へ振り切った。

――――瞬間、ウティアさんの前に巨大竜巻が発生して、こちらへと迫ってくる。

「――――ッ」

相変わらず凄い吸引力。踏ん張らないと竜巻に吸い込まれそうだ。

ウティアさんとの戦いを始めた頃は、この凄い吸引力に負けて、よく竜巻の中へと引きずり込まれていたっけ。

ウティアさんの竜巻はとんでもない破砕力を持っている。この風の前では、どんなに硬いものでも数秒で砂となる。

けれど、僕は再生力のゴリ押しで、今なら一分近く耐えられるようになった。前は秒で粉々だったけど、大分、再生力と耐久力が上がったなと思う。

僕は踏み留まるのをやめ、竜巻へと突進することにした。

そして、竜巻の中を一瞬で抜ける。

この方がウティアさんに早く近づけるし、裏もかけるからね。

一瞬とはいえ、あの竜巻の中に入った途端、僕の皮膚の大部分が凶悪な風に持っていかれた。

けれど、僕が肉を露出するのは一瞬で、すぐに【超速再生】によって元の姿へと戻る。

一直線に進んだことで、すぐにウティアさんの目の前に来ることができた。

僕は拳を引く。

「――――ッ！」

そして、すぐに、ウティアさんに向けて拳を突き出した。

「――――！」

しかし、僕の拳は空を殴る。ウティアさんが突然消えたのだ。

空振った僕の拳は、拳の先へと衝撃を飛ばし、黒い樹木へぶつけた。

僕は体勢を戻し、後ろへ回っただろうウティアさんの方に顔を向ける。

「やっぱり凄いね、それ」

僕はウティアさんの回避術を素直に賞賛する。

僕の予想は当たり、僕の視線の先にウティアさんは再び姿を現した。

「ま、まだ未完成の代物だけどな！　未だ、風になった時にどう意識を保つかっつー問題があるし！」

ウティアさんが笑いながら口を開く。

しかし、彼の顔にはけっこうな量の汗が流れていた。この回避術を使わない時はそんなに汗を流さないのに……まだ慣れてないせいか、今の回避術は相当スタミナを食うみたいだ。

「やっぱ風を操るっつーなら、自分も風になんねーとなーっていう思い付きから考えた技だけど、意外と悪くねーと思うんだ！　完成すれば、もう俺に打撃は効かなくなるぜ！　クシナに勝つ日も近いかもな！」

そんなウティアさんの言葉に、僕は笑顔を返す。

これまでの戦績は、一応、僕の全勝ということになっている。

でも、結局、どちらも負けないから、実質的には引き分けだ。

「にしても、クシナの再生力も謎だよなー！　一体どんな力で再生してんだよ⁉」

「さぁ、それは僕も分かってないから」

「分かってないのに使いこなせてるのも、異常っちゃー異常だけどな！」

ウティアさんの言葉を受けて、僕は苦笑いを浮かべる。

使いこなすと言っても、勝手に起きてるものだしなぁ。

「マティアでも読み取れねーってことは、相当複雑な力ってことだろー？　それを感覚で使ってんだから、とんでもねぇよなぁ～」

「………」

複雑な力、かぁ。

確かに、原理はよく分かってないけど……能力の内容自体はそこまで難しいものじゃない気がするんだけどなぁ。

複雑とか言われても、あまりピンと来ない。

「ま、無駄話もこれぐれーにして」

そう言うと、ウティアさんは「よっ」という声と共にバックジャンプをして、僕と距離を取る。

「そんじゃあま、再開しようぜ！　俺も新技にとっとと慣れてぇしな！」

ウティアさんが双剣を構えた。

それを見て、僕も「分かった」と伝えて、構えを取る。

そうして、再び戦いを始めよう――――とした所で、

「ちょっと待て」

明後日の方を向いたウティアさんが右手を前に出して僕を制止した。

「どうしたの？」

「……なんだ？　どうなってる？　どうして急に……？」

僕がウティアさんに理由を尋ねるも、聞こえてないのか、ブツブツと何かを呟くだけで

返答してくれない。

考え事かな？　なら、邪魔しないようにするか。

そうやって、僕はウティアさんの様子を眺めることにしたのだけれど。

少しして、ウティアさんが僕の方に向き直り。

「クシナ、悪いけど今日はここまででいいか？」

「――――？　それは別にいいけど」

「なんか獣達が暴れてんだ。めっちゃ暴れてる。何があったか、確かめに行かねぇと」

いつもオチャらけてるウティアさんが珍しく真剣だ。それほど異常事態ってことかな？

「どこで暴れてるの？」

「……………こっちだな」

ウティアさんがある方向を指さす。

「俺ぁ風を操るからよ、空気の揺らぎとかも感じ取れんだ。こういう索敵に関しちゃ、俺の方が優れてるみてぇだな」

ウティアさんが得意げにそう言うのを聴きながら、僕達は移動を開始した。

□□□

【サティア視点】


マティアに言われた方角に真っ直ぐ突き進むこと、数秒。

だが、その数秒だけでも、俺の脚力なら軽く走るだけで数キロは稼げる。

目的地と思しき場所に到達。

ここは丁度、ウティアが居る所と家を挟んで真反対に当たる場所だな。

「………」

現場を見て、俺は眉を顰めた。

なんだこれは……？

根か蔓かよく分からん細い植物によって、数多の獣が搦め捕られ、吊るされている。

一体、何が起こればこんなことになるのか？

一つ分かるのは、自然にこうなった訳ではないということ。明らかに、何者かの手が加えられている。

「……」

誰だか知らんが、ふざけたことを。

このツケは必ず払わせる。

そう思いながら、俺は原因を探るため、さらに前進する。

「――――！」

少し前進した所で、俺は後ろへ跳んだ。

――瞬間、先程まで俺が踏んでいた地面から、複数の木の根が獲物を串刺しにしようと突き出てくる。

どの木の根も、俺が手に持っている薙刀よりも太い。それが周りの木々と同じ高さまで伸びた。伸びた後はまるで舞いでも踊るように左右に揺れる。

数秒、そんな状態が続いた後、木の根はまるで時間を巻き戻すがごとく地面へと戻っていった。

「………」

なんなんだこれは……！

木の根が地面へと戻った後、俺の視線の先で、何かが起き上がり始める。地面の表層にでも潜って隠れていたのだろう。

ゆっくりと、背に乗った土を落としながら起き上がるそれは――――

「――ッ」

まるで、植物の怪物。

人の形を再現するかのように、手、脚と思われる部分があり、また首から顔まで再現されている。

目と口はまるで幹を削って出来た傷のよう。頭と腕の先からは多数の枝が長く生え、脚の先はまるで地面に根を下ろすように枝分かれし、張り巡らせている。

怪物が顔をこちらに向けると、口を再現していると思しき傷を三日月型に歪めた。

「………」

グツグツと腸が煮えくり返る思いだ。

怪物を見て、俺の手には自然と力が入っていた。

あまりの感情の大きさに、周りにも音が聞こえてしまいそうなほど強く歯軋りをしてしまう。

「誰だ……！」

植物とは、我らが尊敬する母様が直接創り出したものだ。

言ってしまえば、母様の半身。母様の命が分け与えられたもの。

母様から直接「破壊するのは良いよ。育ち過ぎも良くないしね。それも世界のために必要なことだから」と言われているから、戦闘の際は植物の被害を考えずにいるが……それ以外の場面では、丁重に扱ってきた。

ある程度の敬意を払わなければならないものなのだ、植物とはッ。

だから、俺達は『人』とは相容れない。アイツらは、私利私欲のために植物を伐採する。

植物の命を自分達のために消費する。植物の命を軽んじている。

根っこから考え方が違うアイツらを、どうして受け入れることができようか。

母様が許していなければ、とっくにアイツらなど滅ぼしている。

アイツらの所業を知る度、やはりアイツらは禁忌なのだと実感する。

俺にとって『人』はあってはならない存在なのだ。

だが、これは俺のエゴだ。母様がお決めになったことを俺が覆す訳にはいかない。

だから、どれだけ嫌悪しようとも、今日まで人の所業を見逃してきた。


――だが、これは駄目だ。


「誰がお前を創ったァ……！」

目が血走る。

体のあらゆる部位に力が入る。

感情の抑えが利かなくなっていく。

気付けば、俺は辺りにいくつも雷を飛ばしていた。

俺の怒気に触れた木々が、まるで悲鳴を上げるようにさざめき出す。

「――殺す」

その言葉を出す頃には、すでに、俺は植物の怪物へと突撃していた。

□□□

僕とウティアさんが移動し始めて数秒足らず。

すぐに現場へ辿り着いた。

移動距離は大体数キロ程度。

こんな所の異変にまで気付けるのか、凄いな。――移動中、そんなことを考えていたのだけど、そんな感想は、現場に着くと一瞬で吹き飛んだ。

その場では大規模な戦闘が行われていた。

戦っていたのは茶色い獣と黒い獣。

茶色い獣の方は確か……そう、アキノーだ。

何度かお務めに付き合っていた過程でウティアさんが教えてくれた。

全体的にアンキロサウルスに近い見た目だけど、何故かこの獣は大体二足歩行してる。硬さはあの岩犀以上。岩犀同様、砂や岩を操る力があるらしい。けど、流石に熱を放出することはできないみたい。体高は僕より少し低いぐらいで、全身に短い棘のようなものを生やしている。

黒い獣の方は……見たことないな。でも、強いて近い獣を挙げるとしたら……リスチーって獣と似てる気がする。

リスチーは灰色で、狼のような顔と鬣を持っていながら、体はテリジノサウルスみたいな様相をしている。常に膝を少し曲げていて、背中は少し丸みを帯びており、鋭く長い爪が三本ある。

ただ、リスチーは目が二つあるのに対して、目の前に居る黒い獣には目が一つしかない。というか、あれは目と言っていいのかな？ 目の縁はV字型になっていて、瞳孔が無く、怪しげで淡い赤色の光が全体から出ている。

なんか……生物に似せて造られた精巧な機械みたい。ヌルヌルと動いてるから、機械でないのは確定なんだけど。

その二頭が戦っている。

多分、アキノーがやったのかな。ここ、地形がめちゃくちゃだ。

凸凹なんてレベルじゃない。それなりの面積で切り取られた地面が、いくつも盛り上げられ、塔みたいになってる。いや、塔みたいな精巧さは全然ないんだけどさ。地表との高低差はどれも十メートルは超えてる。中には、区切られた内、一部しか盛り上げられなくて、地面が斜めになってる所もあるし。まるで天変地異が起きた後だ。

その内、一番高く盛り上げた地面の上に、アキノーは立っていた。リスチーみたいな黒い獣は、アキノーのものより低く盛り上げられた地面に立っている。

足からも伸びた、より湾曲している長い鉤爪を地面に刺しているおかげだろう。今尚、地面は動き続け、強い揺れを起こしているというのに、黒い獣は倒れる気配が無く、しっかりと体勢を整えている。

完全に体勢を整え終えると、黒い獣は両腕を自分の胸の前で交差させ、両手に三本ずつ付いている長い爪を大きく広げた。

――瞬間、自分の支えであった大地を砕いて、アキノーに向けて跳ぶ。

凄い脚力だ。蹴った衝撃がまだ数十メートルは離れてるこっちまで届いてくる。

黒い獣は一秒とかからずアキノーとの距離を詰め――

「――ッッ!!!」

硬いアキノーの体を裂き、左肩から先を完全に切り離した。

そのまま、黒い獣は盛り上げられている大地の一つに着地し、顔だけアキノーの方を向ける。その顔には歪んだ笑みが浮かんでいるように見えた。

黒い獣の手には切り離されたアキノーの腕がある。獣は、笑みを浮かべたまま、その腕を食べ始めた。獣が咀嚼を始めると、凄い音が辺りに響き始める。

えー、その硬い腕、食べれるの……？

「マジかよ……」

アキノーが切られたことか、アキノーの腕を食べたことかは分からなかったけど、流石にこの光景にはウティアさんも驚いているようだった。

「――――！」

アキノーが一つになった手を地面に着ける。そして、大きく口を開いた。

すると、アキノーの周りにあった砂利や小石が浮かび上がる。それが、アキノーの口の前で集まり、拳骨ほどの球体を作り出した。

何を――

「やばい！　少し離れるぞクシナ！」

そう言うや否や、ウティアさんが凄い速さでこの場から離脱し始める。

ウティアさんがあんなに慌てるってことは……まさか!?

この空間に住まう獣の特性。ここらに居る獣は、元々、この世界をめちゃくちゃにするために生まれたのだとか。だから、死の間際にまで追い詰められると、自分の命なんか顧みず、超大規模な破壊行動を取る。自分すらも巻き込む、自爆攻撃を。

これらは、務めを果たしている途中、ウティアさんから聴いたり、マティアさんから話を聴いた瑠菜さんから共有された情報だ。

確か、アキノーの最終手段は……物質の結合。強力な圧力によって原子と原子を衝突させ、核融合を起こす。そして、最後には核爆発を引き起こす。

自分だって耐えられない核爆発を引き起こすとか……迷惑極まりないな。

僕もすぐに離脱する。

アキノーが集めた砂利どもが、次第に熱を帯びた球体へと変貌していき、

——来る。

光を発する灼熱となった玉が、超大規模爆破を起こした。

爆発までにかなり離れたのに、あっという間に、土煙を巻き込んだ衝撃がここまで飛んでくる。

やッッば。

「────！」

すぐに追い付かれる、と思ったのだけど────爆発の衝撃が僕の所まで辿り着くことは無かった。他の衝撃によって遮られたのだ。

「はッ、案外、小せー爆発だったな！　この程度なら、こんだけ距離はなしゃあ俺の風でも十分ほーしゃせん防げらぁあ！　……あ、ほーしゃせー物質、だったっけか？　またこれ聞かれたら、ルナが怒りそうだな」

ウティアさんが笑いながらそう告げる。

ウティアさんは片手を前に突き出すことで、かなり強い風を操っていた。衝撃が届かなかったのはウティアさんのおかげか。

ルナさんに怒られるうんぬんっていうのは、以前、ルナさんに核爆発について話してもらった時のことだ。

改めて、僕とウティアさんが出会った時のことを話していたら、それをルナさんに聞かれて、僕達は彼女から核爆発について聴くことになった。

核爆発が起きると、爆煙がキノコを形作る。その後、爆煙から塵が降り始める。その塵には、爆発によって生じた放射性物質が付着していて、後に放射線を辺りに撒き散らす。

つまり、核爆発が起きた後に残る放射線は、塵に付着した放射性物質が原因ということだ。

それを細かく説明してくれたんだけど……あまりにも詳(くわ)し過ぎたせいで、ウティアさんの脳の容量(キャパ)を超過(オーバー)、理解が追い付かなかったらしい。

それで、説明してくれたルナさんに対して、

「んあー、結局は、爆発が起きるとほーしゃせんが出るってだけのことだろ？ 何をそんなごちゃごちゃ言う必要が――」

て、説明を簡単にまとめて、悪態までついたものだから、それが癇(かん)に障(さわ)ったのだろう。

ルナさんは、片方の眉を上げて、冷ややかな視線をこちらに向けると、

「そうやって頭を使わずに思考を放棄(ほうき)した結果、失敗するのよ。それで、いざ失敗したら『説明してください』って頼(たの)み込む気？ ここで聴いておけば済んだものを……二度手間になるこっちの苦労も考えてのことかしら？ それとも、自分は失敗しないという絶対の自負があって？ ならその証拠(しょうこ)とやらを見せて欲しいわね。ま、そんなの無いでしょうけど。何がいつ助けになるのかも分からないのよ。どんなことも知っておいて損は無――」

と、正論という名の暴力を浴びせ続けた。

あの時のルナさん、凄い威圧(いあつ)感があったな～。さしものウティアさんも、あの雰囲気(ふんいき)には黙るしかなく、大人しく正座して聴いていた。

あれのせいで、ルナさんのうんちくがさらに何時間も伸びたんだよね～。何故か僕も聴く羽目になったし。

あれから、ウティアさんがルナさんの言うことを聞き流すことは無くなった。というか、若干、怖がってる節もあるような……。

て、そんなことは今はいっか。

それよりも、目の前のことだ。

爆破の衝撃がかなりの速度で迫ってきていたのに、今ではウティアさんのおかげで完全にせき止められている。

もうすぐ追い付かれると思ったけど、まだかなり距離があったんだな。

それどころか、ウティアさんの風のおかげで押し返されてすらいる。

まぁ、別に、爆発を食らっても問題は無かったんだけど、今は異常事態みたいだからなー。無駄に攻撃を食らって、異常に対処できなくなりました、という展開はできるだけ避けておきたい。

と、そんなことを考えている時だった。

「――――！」

突然、核爆発の爆風がやんだ？

いや、吸い込まれた⁉

爆風を食い止めるために起こしていたウティアさんの風の勢いが増したことからも、それは間違いない。

それどころか、僕達の所まで、吸引の力が及んできた。

それに、なんか、吸い込みが発生してから、ちょっとビリビリしてきた。

「なんだ⁉」

突然、起きた謎の力に、ウティアさんも驚きの声を上げる。

僕達は吸い込まれないように踏ん張る。

「チッ、爆心地で何か起きたな！　クシナ！　一度戻ろう！」

「分かった！」

アキノーと黒い獣が戦っていた地点へと戻るため、僕達は踏ん張るのをやめる。そして、吸い込む力に乗るように、走り出した。

すぐに目的地が見えてくる。

爆発が起きた後だっていうのに、煙が全然ない。

爆発によって、辺りは草木一つない更地と化していた。

なのに、一匹だけ、更地の中、無事な生物が居る。

アキノーではない。アキノーもまた、さっきの爆発で跡形も無く吹き飛んでいる。

無事だったのは黒い獣だ。でも、姿形が変わってる？

さっきまで二足歩行の狼みたいだったのに、今は……虫？

蟻のような体躯。その上に、自分の体と同じぐらいの大きさの蕾……？　のようなものを背負っている。……というか、生えているのか？　黒い体や蕾の所々に、蛍光色の緑の斑点だったり、ジグザグの角ばった線などの模様が規則的に並んでいる。さっきの状態よりも全体的にメカメカしい見た目だな。

目の縁はさっきと同じV字型であることから、多分、獣と虫は同一の存在であると考えていい……よね。

黒い虫が生やす蕾は半開きになっていて、開いた蕾・眼・模様からは淡い緑の光が漏れ出ている。

方向からして、吸引の力はあの虫が起こしたものか。

僕達が虫の近くまで辿り着いた所で、虫が吸引をやめる。蕾を閉じ、開きはしないものの、口っぽい所の左右端っこから白い煙を吐き出した。

というか、ここ……放射性物質が撒き散らされてた筈だよね？　なんで、僕の体、異常が起きないんだ？

まさか、さっきの吸引、放射性物質に、それから発せられる放射線まで吸い込んだのか⁉

……それ、どんな生物？

「クソが……！　おかしいとは思ったんだ……！　アキノーの自爆にしちゃぁ規模が小さ過ぎるってなぁ……！　てっきり『世界の言の葉』にでも抵触したのかと思ったが……どうなってんだありゃぁ……！　あの姿、クチノワじゃねぇか！　さっきはリスチーみたいなナリしてたクセに、どうなってんだよ⁉」

どうやら、あの虫に似た獣も存在してるみたい。

虫がこちらを見た――

「――⁉」

瞬間、虫の体のあちこちが膨張し出して、形を変えていく。

六本脚から四本脚へと変わる過程で、二本脚で立ち上がり始め。

姿形が――

「――は？」

ウティアさんが呆けた声を出す。

黒い虫から、V字型の赤い目の、黒いアキノーの姿へと変貌した。

驚いたのは僕もだ。一体、何パターンあるんだ？　いや、それにしても、既存の生物とほぼ同じ姿って……あ、そういえば、アキノーの腕、食べてたな、アイツ。

リスチー、クチノワ。違う姿になると同時に、違う力を発揮。もし、僕の想像が正しくて、アイツが食べた相手の姿になれるのだとしたら——

「「——！」」

僕達の周囲十メートルの地面が崩れ始める。それと同時に、大量の土が地中から出てきた。

土の濁流。僕とウティアさんを物凄い勢いで飲み込む。

僕は拳を握る。

すでにウティアさんも双剣を構えていた。

ほぼ同時に僕達は攻撃をくり出す。

僕は拳を突き出す衝撃で、ウティアさんは風で、迫りくる土を吹き飛ばした。前後左右、水平方向から迫りくる土をウティアさんが、上から落ちてくる土は僕が対処する。

大量の土をはねのけたことで、辺りには砂煙が立ち込めた。

「——！　あ⁉　どうなってんだこりゃ⁉」

砂煙で視界が悪い中、ウティアさんが何やら叫ぶ。

「クソッ。クシナ！　急いでこの獣を倒すぞ！」

「え？」

「ここ以外にも変なのが結界に入り込んでやがる！　すぐにマティアと合流しねぇと！」

　どうやら、かなりの異常事態みたいだ。ここまで切羽詰まったウティアさんの声、初めて聞く。

　砂煙が晴れてきた。

「……………」

　異常事態。他にも不審な者が入り込んでいる状況。何が起こるか分からない。すぐにマティアさんや瑠菜さんの無事を確かめないと――――。

「ウティアさん」

　視界の先に黒い獣を捉えながら、僕は口を開く。

「この獣は僕一人でやるよ。ウティアさんはすぐにマティアさんの所に向かって」

「――――！」

　僕の言葉が予想してないものだったのか、ウティアさんは瞠目すると、けっこうな速さで振り返った。

「ここで二人時間を取られるより、一人でも先に向かった方が良いよ。ここで時間を取られたせいで、マティアさん達を助けられませんでした、ていうのは避けたいし。マティアさんなら、今、ここで何が起きているのか、詳細に把握していると思う。すぐに情報を手に入れる意味でも、ウティアさん、先に戻って」

「……」

最悪を想定して、僕はそう提案した。

それを聴いて、ウティアさんは少し思案していたが……。

「分かった。頼むぜ、クシナ。コイツは任せた」

笑みを作り、僕にこの場を任せるウティアさん。

僕が彼の言葉に頷くと、すぐにウティアさんは離脱を始めた。

「――」

それを見ていた黒い獣。

どうやら、黒い獣の狙いは野良の『根源なる獣』だけではなかったらしい。

離脱するウティアさんを逃がさないため、すぐに口を開き、その口の前に砂利などを集めて球体を作り出す。

アキノーに倣って、核爆発でも起こすつもりか！

――させないよ。

すぐに黒い獣との距離を詰め、すでに握っていた右の拳で黒い獣の頬を殴った。

獣の顔が砕けるのを右手で感じながら、黒い獣を右の方へ大きく吹き飛ばす。とんでもない距離まで一気に吹き飛ばしたから、獣の通った道を示すように大きく砂煙が上がり、更地をすぐに抜け、アキノーが起こした核爆発の範囲外にある森の木々にまで甚大な被害を及ぼしてしまった。

その際、黒い獣がせっかく作った砂利玉も一緒に吹き飛ばしている。核爆発なんて起こされたら、ウティアさんがマティアさんの所に向かえなくなっちゃうしね。

ウティアさんが離脱を始めてからここまで、数秒のやり取り。

顔面の骨を砕いた感触はあったけど、首を引き千切るまではいけなかった。

てことは、間違いなく再生してくる。

この空間内に居る獣は、どれも例外なく、フェルネイアほどじゃないにしろ、とんでもない再生能力を持っているらしい。

骨の粉砕程度、数秒で治してくるだろう。

というか、そんなこと考えている間に――来た。

黒い獣が一瞬で僕との距離を詰め、爪で右肩を引き裂こうとする。

とんでもなく鋭利な爪だ。ほとんど抵抗できずに切られた。

獣がとんでもない速さで突っ込んできたので、それだけで衝撃が生じ、切られた腕がどこかに吹き飛ぶ。

獣は、僕の腕を切り離した所でやっと減速し始め、僕からそこそこ離れた所で止まり、背中越しにこちらを見た。

今はアキノーの姿じゃない、リスチーの姿だ。

アキノーの皮膚の硬さでは耐えられないと見るや、素早い動きで敵を翻弄する方に切り替えたのかな？　だとしたらかしこい。

僕の腕が即、再生。

一瞬で腕が元通りになったのを感じてから、すぐに体を反転。

黒い獣の方に突進する。

一秒とかからず接近。

すでに引いていた右の拳を獣に向かって振り抜いた。

「――――！」

瞬間、水を殴り付けた時のような鈍い音が辺りに響く。

は？　拳が獣の体を突き抜けた⁉　ていうか……え？　突進した僕の体まるごと獣の体を通過したんだけど⁉

すぐに振り返る。

あれは……！

僕の攻撃が当たる直前、獣は姿を変えていたのだ。

リスチーから、体のほとんどが液体でできている生物に。

確か、名前はラヴォヌ、だっけ？

全身、まるで皮膚が溶けてるように流動的で、すぐに崩れてしまいそうな感じがある。

それでも、アレは崩れない、倒れない。

肉食恐竜のような二足歩行の胴のフォルムに、地面と水平方向に伸びた長い首。その先には顔がある。液体のように動く皮膚のせいで目は見えなかったけど、口には鋭い犬歯が二本、下から生えているのが見えた。

僕が体に突っ込んだことで、黒い獣の胴体が弾けてる。骨も筋肉も無く、体を形作っていたと思われる黒い液体が、支えを失って落ちている。

ラヴォヌはその特徴として、体のほとんどが液体でできているらしい。体のどこかに小さな丸い核があって、その核が液体を操り、体を形作っているのだとか。

本来、ラヴォヌは灰色の液体でできているが、目の前に居る獣は黒い。ドロドロの皮膚が長い鬣のようになって目を隠しているが、隙間から覗く部分から推測するに、これもまたV字型になっていると思う。

僕が突っ込んだことで胴の部分を失った、ラヴォヌに形を似せた黒い獣だったけど、落ちた液体を再び集め、また元の体を形作る。

核が無事なら、どれだけ液体の部分を攻撃しようとも元の形に戻る、というラヴォヌの特徴をちゃんと持っているようだ。

――なら、核に当たるまで殴(なぐ)り続ける。

ラヴォヌの体は酸性だ。体から垂れた滴(しずく)が地面を溶かしていることからもそれは明らか。

でも、現在、僕の皮膚には、強酸にある程度、耐性(たいせい)が付いている。約一ヶ月(かげつ)、この空間内で生活する過程で、けっこう色々な獣と戦ったからなぁ。ラヴォヌの酸だって効かない。

僕は黒い獣に連打をお見舞(みま)いしてやろうと、まずは右の拳(こぶし)を突き出(だ)した。

「――――!」

しかし、拳が当たる直前、また獣は姿を変え、僕の拳を躱(かわ)した。

今度は虎(とら)によく似た形だ。けれど、普通(ふつう)の虎と違って、赤い鬣がトサカのようになっていて、四本の脚から生えている赤い毛は魚のヒレのようになっている。

これは見たことないな。かなり速い。フェルネイアと張り合えるんじゃないか?

虎のような姿になった黒い獣は、僕の周囲を動き回る。離れても、大体、僕から十メートルくらいの範囲(はんい)まで。その間を不規則(ランダム)に走り回っている。

黒い獣がしているのはそれだけなのに、僕の体は絶えず傷を負っていた。

そこそこ深い切り傷が体に刻まれ続ける。まぁ、傷を負った所で、すぐに再生するんだけど。

鋭い風の刃。僕だけじゃなく、周りにもその被害が及ぶ。一つ当たるだけで樹木が切られ、倒れ始める。地面に倒れる前にまた斬撃が当たり、二つに分けられ、その後、四つに分けられ、そこからさらに細かく分けられた後、やっと地面に倒れた。そんな現象が何度も起きていることから、他の人がこの攻撃を浴びたら一瞬で肉片になることが容易に想像できる。

虎に変身した黒い獣が、この攻撃の嵐を作り出している。

それが分かったのに、僕は動きを止めた。

瞳だけを動かす。

「………………」

――そこだね。

僕は裏拳の要領で、右脇腹の下辺りを殴った。

「――!!!」

その裏拳が、獣の顔面にぶつかる。

獣の骨が砕ける感触を覚えながら、僕は右手を振り抜いた。

獣が吹っ飛んでいく――だけじゃない。

かなり力強く殴ったから、振り切った先に凄(すさ)まじい破壊の衝撃(しょうげき)が生まれ、僕の先一キロくらいかな？　その範囲にあった木々や草木を吹き飛ばし、砂煙を上げて、何も無い荒野(こうや)を作り出した。

感触からして、顔面を崩壊(ほうかい)させただけでなく、首も半分ぐらい千切れたかな。まぁ、それでくたばるとは全然思えないけど。

「…………ッ」

いいね。いいじゃん。僕の中の何かが昂(たかぶ)っていく。

ゾクゾクと、背筋から何かが昇(のぼ)ってくる感じ。

自然と笑(え)みが作られていく。

「――――！」

大地が揺れる。

僕が作った荒野の先に、何か巨大(きょだい)な生物の影(かげ)が見える。

目を凝(こ)らせば、その生物の正体が分かる。

――フェルネイアだ。

目はV字で一つ、毛皮は黒くなってるけど、間違いない。僕が倒し損ねた災害の獣と、特徴が一致している。

「くふふ……！」

あぁ……いい。いいじゃん。素晴らしいよ。

もっとだ。もっと見せてくれ。まだあるんだよね？　それで終わりだったりしないよね？

もっと――もっと！　心ゆくまで戦おう。

□□□

【？？？視点】

我が主はお優しい方だった。

イタズラ好きな所はあれど、基本、人の思いを汲み取り、その意思を尊重してくださる、心優しき方だったのだ。

周りから浮いている者には手を差し伸べ、心弱き者にはいつも寄り添い、意思の強き者には、その思いを尊重しつつ、そっと間違いを指摘なさる、そんな方だった。

一度、どうしてそんなに他者を気にかけるのか、訊いたことがある。

すると、主君は笑ってこう答えた。

「僕はね、皆の笑顔が好きなんだ。皆の笑顔を見ていると、僕の心も温かくなる。僕も笑顔になれるんだ。笑顔ってさ、楽しい時や幸せな時に出るものなんだって。だったらさ、皆が笑顔でいる以上に素晴らしいことなんてないよね。僕はさ、笑顔を増やすことで、もっともっと周りに笑顔が伝播していけばいいな、て思ってるんだ」

そう言う主君の目はキラキラとしていた。

私は主君のこの目が好きだった。

「………」

だが――


アイツらは、その主君の優しさを踏み躙った。

主君には、誰よりも尊敬するお方が居た。それは主君の周りも同じだったようで、そのお方は多くの者に愛されていた。

だが、そのお方が酷く悲しむようなことが起きた。

それは、そのお方が普段から注意を促している事柄だった。

大事なそのお方の言葉だ、その言葉に耳を貸さない者などいない――主君はそう思っていたらしい。

だが、主君の予想に反し、一柱、それを破る者がいた。

その者と主君は親しかった。主君は言っていた、その者は罪を犯した後も笑顔だった、と。

この時、主君は、他者の笑顔を見て、初めて怒りを感じたと言っていた。

その事件が起こってからというもの、主君含め、多くの者に心境の変化が生じた。

主君が尊敬するお方は、その事件によって残った変化を許容する、と言ったらしい。

しかし、誰の目から見ても、そのお方が悲しみを押し殺しているのは一目瞭然だった。

人の心に寄り添う主君は、そのお方の悲しみを放っておくことができなかった。

一番尊敬するそのお方の悲しみを、見て見ぬふりはできなかった。

「この世界の皆が笑って手を取り合えるようにする――そんなのは夢物語だった。自分が笑うために他者を食い物にする奴がいる、僕はそれを知らなかった」

そう言う主君の瞳には、もう、以前のような輝きは無かった。

「決めたよ。僕はこれから、僕にとっての大切な存在のために戦う。笑顔にする者を取捨選択する。心ない者によって他の者の笑顔が奪われるなんてあっちゃ駄目だ。最後に、僕にとっての皆が笑っていればいい。そのためなら、僕はもう――――笑わない」

笑顔が好きな主君が笑わないと断言するほどの大きな決意。

私は、そんな主君の顔を見て、胸が苦しくなったのを覚えている。

だが、主君がそう選択した以上、私にはもう何も言えない。

主君がそう望むなら、私はそれに全力で応えるのみ。この時の私は、そう考えていた。

それから、主君は行動に移した。

主君にとっての大切な者の笑顔のために、主君は武器を手に持った。

しかし、そんな主君の行いを邪魔する者がいた。

それは、主君が笑顔でいて欲しいと願う者達だった。

その時ほど狼狽したことは無い。

何故……何故だ⁉　何故邪魔をする⁉　主君がなんのために戦っているのか理解していないのか⁉　主君が誰のために動いているのか分かっていないのか⁉　何故、何故なんだ？　何故、そんな……主君を追い詰める？　何故、主君の願いを踏み躙る⁉　主君は、主君は……全て、キサマらのために……。キサマらが拒絶したら、主君は……主君は、なん

のために、なんのために！　笑わないと決断したのか⁉

主君の思いを踏み躙るアイツらとの戦い。

主君もすでに決断した後。後に引けない理由があった。故（ゆえ）に、本来、守りたいと思っていた者達と、刃を合わせた。

しかし――主君は最後まで、全力を出すことなく、アイツらに討（う）たれた。

主君の口から出た言葉を思い出した。

『自分が笑うために他者を食い物にする奴がいる』

あぁ……そうか。コイツらだ。コイツらこそ、心ない者達だ。

主君の思いを平気で踏み躙り、主君の行いを全て無意味なものとする。こんな非道が許されてなるものか。

私はアイツらへの復讐（ふくしゅう）を誓（ちか）った。

主君とアイツらの戦いで不幸にも生き残ってしまった私は、その後、アイツらから隠れ、復讐の機会を窺（うかが）うことにした。

何年も、何十年も、何百年も隠れ――復讐の機会を窺い続ける。

そして、今日――その時が来た。

数日前、主君の遺志を引き継ぐ者が私の前に現れた。

そして、天啓を得た。

私の能力は今日この時のためにあったのだと理解した。

私の力は『魂の揺らぎを隠す』というもの。

主君が『母なる神』の力に対抗するために私に持たせた能力。

幼き頃、どうしても自身の母親である『母なる神』を驚かせたい主君が私にこの力を持たせた。

私は――――『母なる神』に気付かれずに近付くことができる。


すでに、私は、『母なる神』から十メートルほどの位置に居る。

『母なる神』は家の外に居た。隣には知らない女も居るが……関係ない。

私はただ、自分に課せられた使命を全うするのみ。

私の使命――――『母なる神』を殺す。

例え『根源なる獣』に迫る身体能力を持とうと、我が毒牙にかかればどうにもならない。

さぁ、終わりだ。

これで主君の無念も少しは晴れるだろう。
そうして、存在感を消しながら『母なる神』に接近して。
私が牙を立てよう――――とした瞬間、
突然、私の意識は闇に閉ざされることになった――――。

□□□

【マティア視点】


私はサティアが走っていった方を見ていた。

もうそれなりの時間こうしてる。

「家に入って待っていたらどうかしら？」

そこで、家から出てきたるーたんがそう言ってくれる。

「……うん。でも、何かあったら私も行かないといけないから」

「それでも、ずっと外に出ている必要は無いと思うけど？」

そこで私はるーたんの方に振り返る。

るーたんは笑みを浮かべて私を見ていた。

「貴女達が言っていたんじゃない――――自分達がこの世界では最高の存在だ、て。少しは信用してあげてもいいんじゃない」

「…………」

信用……信用。

勿論、サティアのことは信用している。

サティアの力はこの世界でも屈指のもの。相手がどれだけ強力な存在だろうと負けはしないと思っている。

でも、今回は――――

気付かない内に浮かない顔でもしていたのかな。るーたんは私を見て肩を竦めると。

「いいわ。貴女達には貴女達で私の知らない積み重ねがあるものね。好きにしたらいいわ」

「るーたん……」

るーたんが私の横まで歩いてくる。

「ただね――――誰も彼も信じない生き方は、つらいものよ。もう少し、肩の力、抜きなさいよ」

「……」

誰も、信じない……。

そんなことはない。私はウティアとサティアを信じている。彼らとはもう七百年の付き合いだし、良い所も悪い所も知り尽くしている。だから、信じてる。それに、お母様。お母様を信じてない神なんていない。それは私だって同じ。私には、きちんと信じてる相手がいる。

そうだ、その通りで……それで間違いない筈、なのに。

それなのに……どうして、るーたんの言葉を否定できないんだろう。

私は何も言えず、俯くことしかできなかった。

――と、そこで、

「――ッッ」

「――キャア!!」

突然、凄い衝撃と一緒に、誰かがこちらへとやってきた。

「――ぶねぇ！　間一髪！」

やってきたのは、ウティアだった。

彼がこちらへ姿を現すと同時に、何かが血を撒き散らしながら絶命する姿も目に入る。

え、アレって……。

「ったくぅ……！　はっ、はぁ……！　ギリッギリ、じゃねぇか……！　クシナが先に行けって、提案ッしてくれなかったら……！　どうなってったかッ」

こちらへやってきたウティアは肩で息をしていた。

それに、血塗れ。ウティアの持つ双剣から血がポタポタと垂れてる。

近くには、胴を千切られ、紫の血を流し、絶命しているムチュー（この世界で虫の意）のような何か。体長は一メートルくらいで、ゴロン（ダンゴムシの意）のような胴体にシユチャー（百足の意）のような顔。

私は、この生物をよく知っている。

「無事かァ!?　マティア!!」

「う、うん。私は大丈夫。それよりも、これ……」

「あぁ、マティアを狙おうとしていたクソだ！　ふざけやがってぇ……！　俺らのマティアに手を出そうなんてよぉ!!」

「そうじゃなくて！　ウティア、気付かない？」

「……あ？　何がだよ？」

ウティアは私が言いたいことに気付かない。首を傾（かし）げる。

んもぉ！　本当（ホント）ニブいんだから！

「これ、ルチュルーだよ」

「るちゅ……？」

「ルチュルー！　テイルんの眷属（けんぞく）！」

「――――!?」

ウティアが酷く驚（おどろ）く。私だってそうだ。

この子は『魔使（まつか）の神』テイルティティアの眷属。私が産んだ子であり、『第二世代』の神となったあの子の、友達だった。

テイルティティア――テイルんは、数百年前に『人』を滅（ほろ）ぼすために動いた神の一柱。

テイルん自身はすでに亡（な）くなっている。あの子の眷属も大体は滅ぼした。

でも、この子は……この子だけは、どれだけ探しても見つからなかった。

でも、隠密（おんみつ）と毒以外はさして脅威（きょうい）の無い子だったから、その後、放置することにしたんだけど……。

まさか、今になって復讐に来るなんて。

「………サティアは今、どこで何してる？」

ウティアが険しい顔をしながら訊いてくる。

その顔から激情に駆られてるのは間違いない。でも、珍しく、それを内に秘めてる感じだった。

「サティアは、結界の端っこに侵入してきた何者かの相手をしてる筈だよ」

「どれくらい経ってんだ？」

「え？　えと……そこそこ経ってる」

「………ッ」

そこでウティアは強く歯軋りした。

「まだ戻ってきてねぇってことは……手こずってんのかッ。チッ……急いでそっちに向かうぞ！」

「え、うん……」

ウティアが怖い顔でそう言うので、とりあえず、私達はサティアの下に向かうことにした。

□□□

【サティア視点】


俺はすでに『雷神モード』へと変化していた。

この樹を模した化け物は、いくら体を炭にしようと、また新しい体を地面から生やしてくる。

それに、力もそれなりにあるから厄介だ。余程、『根源なる獣』を吸収したのだろう。

ただ、根の一本を素早くこちらに伸ばしただけなのに、力を抑えた状態の俺の磁界場では簡単に突破される。ほとほと業が深い。

俺は『雷神モード』になった後、空中に浮遊し、上空に厚い雲を集め、そこから雷粒を降らしていた。相当なエネルギーを凝縮して作った雷の弾丸が雨のように雲から地面に降っている。

雷粒は、何かにぶつかった瞬間、留めていたエネルギーを解き放ち、ぶつかった場所から半径二十メートルの範囲は吹き飛ばす。

一粒でそれだけの被害を出す雷粒が雨のように降っているのだ、辺り一面、迸る雷で埋まっていた。

この雷粒に内包されているエネルギーに触れれば、どんな有機物であろうと一瞬で炭と化す。樹を模した化け物であろうとそれは例外ではない。

この雷の絨毯爆撃を前に、化け物は呆気なく炭と化した。そして、新しく作った体も、すぐに別の雷粒によって炭となる。

奴の持つ生命力が尽きるまで、何度でも繰り返してやるッ。

その意気込みで、俺は雷粒を降らせ続けていた。

何度も化け物を炭へと変えた所で、化け物の新たな体が生えなくなる。

念のため、そこからさらに数分、雷粒を降らせた所で――俺は槍を掲げ、雷粒を止めた。


地面へと降りる。

辺りは草木一つない荒野となっていた。

森への被害が大きくなってしまったことには心が痛むが、あんな存在を許す訳にはいかない。今回ばかりは目を瞑ってもらおう。

「………」

チッ……。

クソが……！

俺は、俺の背後に、樹木ぐらいなら丸々飲み込める規模の雷の柱を落とした。

俺の背後に、また化け物が新しい体を地面から生やしてやがった。

コイツ、俺を謀りにきやがった……！

ナめやがって！

両手で槍を握り、力を込める。

地面が揺れ始め、揺れは時間を追うごとに大きくなっていき。

「あああぁあアぁあぁァぁああぁァぁあアアああ!!!!」

普段とは逆。地面から空へ向けて。辺り百メートルは巻き込む巨大な雷の柱を作り出した。

空気を震わすほどの轟音が辺りに響き渡る。

柱を中心に四方へ衝撃が広がり続け、細かな砂利を吹き飛ばし続け。

数秒の間、雷の一撃が地面を掘り起こし続けた。

徐々に柱が小さくなり、果てには一筋の雷線となって、空に消えていく。

凄まじい衝撃だったからか、煙は四方へ散り、視界はクリアだ。

強烈な雷撃で地面を掘り起こしたことで、俺が立っている箇所以外の地面には大穴が空いている。穴の底は見えず、暗闇に包まれていた。

化け物は常に地面から新しい体を生やしていた。なら、奴の核が地中にあることは想像に容易い。

これだけの土を抉ったのだ。流石に、あの化け物も絶命して――

「――ッ！」

私はすぐに雷撃を前方に飛ばした。

私の前、穴を囲っている断崖絶壁から、化け物が新しい体を生やしていたのだ。

これだけ広範囲を抉っても、奴の核には攻撃が届かなかったと言うのかッ！　どれほど遠くから、あの樹の体を操っているんだッ⁉

私は前だけを見ていた。何度、炭にしても、またすぐ新しい体を用意する化け物に苛立ち、そして、どれだけやっても倒せないことに焦りを感じていたのだ。また、俺には磁界場がある。だから、周りの確認を怠っていたのだ。

――その結果、俺は傷を負うことになった。

防御を磁界場頼みにして、警戒を怠っていた結果だ。回避が遅れた。

大した傷ではない。頬にかすり傷を負ったぐらいだ。だが、奴の攻撃が『雷神モード』状態の俺の磁界場を貫通したのは確か。

「――ッッ‼」

俺はすぐに後ろを向き、光線を飛ばしてきたであろう、断崖から伸びた化け物の根に雷撃を食らわせてやった。

どうなっている……！

俺はやや動揺していた。

ありえん！　さっきまではこの状態の磁界場は貫けなかった筈だ！　実力を隠していたと言うのか⁉

化け物が穴の外側から大量の木の根を伸ばし始め、複雑に編んでいく。あっという間に、俺と穴を囲む半球が形成された。

半球のどの場所からも、根の先端がこちらを向いて伸び、その先が発光し始める。一斉に光線を放つつもりだろう。

俺は全身から雷を放出し、木の根で作られた半球を一気に吹き飛ばす。木の根の代わりに雷で、一瞬だけを半球を形作ってやった。

そうやって向かってくる攻撃に対処しながら――俺は化け物について考えていた。

実力を隠していた……そんな単純なことなのか？　そもそも、奴の核が近くにあるという考え自体、間違いなのではないか？　もしかしたら、奴の核はここ一帯にはなく、もっと別の場所に隠されていて、この化け物の体は遠隔操作された分体の一つなのではないか？　今も奴は、俺と戦いながら、他の場所で獣の生命エネルギーを吸い続けているとしたら？　時間経過と共にさらに強くなる？　もし、そうだとしたら……。

「……」

いや、ちょっと待て。分体説が正しいとしたら、ここで足止めし続ける意味なんて無いのではないか？　コイツがここで俺を足止めしている内に、他の分体がマティアの方に向かう、なんてこともありえるんじゃないか？　だとしたら、こんな所で足止めを食らっている場合じゃないぞッ。

「──ッ」

すぐ、マティアの所に向かわないと──

いや、待て。

もし、分体の説が俺の勘違いで、ちゃんと、この樹の化け物の脅威を俺の所で止められていた場合、ここでマティアの所に戻ると、彼女の下にこの脅威を連れていってしまうことになる。それは駄目だ。マティアを危険な目に遭わせるなんてできないッ。

だがしかし、マティアの下に危険が迫っている可能性も捨てきれないッ。それの排除もしなければ……ッ。

どうする⁉　どうするのが正しい⁉　どうするのが最善だ⁉　俺は本当にこのまま戦っていていいのか──⁉

俺がそうやって葛藤しながら戦っている時だった。

「――!?」

急に、樹の化け物の体が跳ねたと思ったら、途端に動きが鈍くなった。

なんだ……?

俺が、化け物の動きに動揺し、警戒していた所で、

「――!」

突然、化け物の近くにウティアが現れた。

すでに『風神モード』になっている。

ウティアはすでに双剣を構えており、俺が姿を認識した次の瞬間には、双剣を化け物に向けて振り上げていた。

それだけで、辺り二十メートルは巻き込む巨大な竜巻が、天をも貫かんとする勢いででき上がった。

四方に凄まじい強風が吹き荒れる。

もし、木々が生えていたら、簡単に根元から掘り起こされて吹き飛んでいただろう。

ちゃんと、俺が化け物から離れるタイミングを見計らってはいたのだろうが……だとしても荒っぽい。

竜巻が収まる。

ウティアの竜巻のせいで、せっかく俺が集めた雲も霧散し、快晴になっていた。

「………」

化け物が新たに現れる気配は……無いな。

ウティアの奴、核を潰してからここに来たのか。

さっきまでウティアの気配がしなかったということは……ちッ、かなり遠くに核を置いてやがったな、化け物。少なくとも、結界の外にあったのは確実。最悪、森の入口付近にあった可能性もある。分かるか、そんなのッ。

「………」

ウティアを見る。

まぁ、方角的に、ここに来る前にマティアと会っていたのは確実だろうし、そこで俺が戦っている化け物の情報を聴いたのだろう。あれほど時間稼ぎをしていれば、すでに解析は終わっているだろうしな。

一先ずは、安心、といった所か。

「遅(おそ)かったじゃないか。まったく……いつまで待たせるんだと悪態をつく所だぞ」

戦いが終わったことで気が抜けていた。

ウティアに向けて、そんな軽口を叩(たた)く。

しかし――

「……」

戦いは終わったと言うのに、何故かウティアは気を緩(ゆる)めておらず、こちらを睨(にら)み付けてきた。

□□□

森が、焼けていた。

いや、焼け、塵(ちり)となり、焦土(しょうど)となっていた。

「――」

森が焼けるほどの攻撃。

僕(ぼく)はそれを食らい、この世界から消えていた。

……まぁ、すぐに再生するんだけどさ。

「………」

再生して、この場で僕以外に形を保っているものに目を向ける。

この惨状を作り出した元凶。僕と戦っていた理解不能。

今、黒い獣はフェルネイアの形をしていない。僕がボコボコにしたからだ。

フェルネイアの形態では勝てないと踏んだ化け物は、またしても変化。

ただ、その変化は、これまでと違った。大きさは桁違いで、体高だけでも僕の十倍はある。

頭の形は蜥蜴と鰐を合わせたみたいな感じで、胴・腕・脚・尻尾、どれも太い。

胴から一対の翼を生やしたソイツの姿は、まるで、幻想生物の竜そのもの。

威圧感はこれまでの比ではなく、出力も異常。

これが……この獣の切り札なのかな?

「………」

自然と顔が綻ぶ。

「ははは」

凄い……凄過ぎるよ……これは……！

応えてくれた、応えてくれた！　この獣は僕の期待に応えてくれた！

あぁそうだね、やろう、やろう！　もっとやろう‼　もっと、身が燃えるぐらいの激しい戦闘をしよう!!!

文字通り、いくつも命を燃やすような激しい戦闘を。

もっと、僕に刺激をくれ。この昂ぶりが、嘘ではないと僕に教えてくれッ。

この激情こそ、生の証！

僕に生きていることを実感させてくれ……ッ！


「は　は　は　は　は　!!!!」

□□□

黒い獣は〝最強〟となるべくして創られた存在だった。

あらゆる生物を食すことができる体。食した生物の力を再現する細胞。

ある意味であらゆる力を扱うことができるこの生物を〝最強〟と言わずして何が最強か。

これは驕りではなく事実。獣が築いてきた歴史、事実。

事実として、黒い獣は、あらゆる生物と対峙して、その生物を食らい、取り込み、進化してきた。

一度の敗北も無し。敗北はこの生物にとっての〝死〟。現存できているその事実こそ、黒い獣が無敗であることの証。

〝最強〟を望まれ、〝最強〟を歩み、〝最強〟を目指してきた。

故に、辿り着いた。

神は世界に味方されている。自然に生きる生物とは隔絶(かくぜつ)された存在、それが〝神〟。

だがしかし、たった一体、自然の中に生きながら『神』と同等の力を持つ存在がいた。

――竜。

その獣は【根源なる獣】のままでありながら、『神』と同等の知能を有し、『神』に匹敵(ひってき)する力を備え持つ。唯一(ゆいいつ)、豊穣神(ほうじょうしん)に認められ、この森から出ることを許された賢者(けんじゃ)であり、その気になれば一夜で人の文明を壊滅(かいめつ)させることができる災害。世界の力を借りず、世界の管理者の領域に脚を踏み入(い)れた規格外(イレギャラー)。

それこそが『竜』である。

黒い獣は竜を食べた訳ではない。故に、竜の細胞を再現できる訳ではない。

――しかし、それに近いものを再現できる。

数多(あまた)の生物を食らい、様々な種類の細胞を模倣(もほう)・再現してきた黒い獣。

この獣は、遂に、自身が食らっていない生物の細胞すら、想像で模倣することができるようになった。

これまで〝最強〟を目指してきたが故に、自然界の生物の頂点とも言える〝竜〟の夢想を完了、再現。

ここに、黒い獣は〝完成〟した。

この形態であれば、勝敗はともかくとして、ウティアの足止めをすることはできていただろう。

それができていれば、マティアの救出は間に合わなかった。

そして、マティアを失えば、右神・左神は激しく動揺する。冷静さを失った『神』が相手なら『竜』の模倣体が負けることは無い。

獣達は『目的』を達することができていただろう。

神でさえも、油断していればすぐに殺されるような最悪の存在に、黒い獣は成った。

□□□

黒い獣の口から光が発せられる。

なんだ？

「————！」

瞬間、灼熱のレーザーが僕を襲った。

獣の口から放たれたものだ。獣は口を下に向けてレーザーを放ちながら首をこちらに向け、地面を焼きながらレーザーをこちらに当てた。

この森に入ってからというもの、様々な獣と戦い、沢山の耐性を付けてきた僕の体。当然、熱の耐性もかなり付いている。

だというのに、灼熱のレーザーはその僕の体を簡単に溶かし、上半身を斜めに両断した。

レーザーが当たった地面は、一瞬であまりにも膨大な熱エネルギーを蓄積されたことにより、エネルギーを溜められなくなって、レーザーが放たれてから数瞬遅れて、受け止めきれない熱を上へと大きく放った。それはさながら地雷のようで、かなりの規模で炸裂。

当然、僕の体も巻き込まれ、粉々に吹き飛んだ。

爆発が終わり、煙が立ち込めようとする。

——その時点ですでに再生が終わっていた僕は、すぐに黒い獣へ突撃した。

一秒もかからずに黒い獣との距離を詰める。

そして、獣の右肩辺りに、思いっきり左フックを決めた。

「――――ッッッ!!!!」

獣が大きく体を曲げながら吹き飛んでいく。肩の骨を砕いた感触があった。吹き飛ぶ際、黒い獣が苦悶の表情を浮かべていたような気がする。

獣が煙を引きながら長距離吹き飛んでいく。

かなり重いな。思ったよりは吹き飛ばなかった。

黒い獣が地面に着弾、大きく砂煙を上げる。

でも、すぐに獣は煙から出てきた。当たり前のように傷を回復させている。かなり質量が増えているのに、再生能力に変わりは無いんだなぁ。

黒い獣が後ろに大きく仰け反る。同時に、腹部も膨らんでいて。

黒い獣は、頭を元の位置に戻す勢いを利用する形で、火球を口から吐き出してきた。

人一人軽々と飲み込めるぐらいの大きさ。それを、三発、連続で放ってくる。

これも相当の熱量なんだろうな。吐き出された直後から熱がこっちに及んできてたし。

でも、そこまで速くはない。せいぜい高速道路を走る車くらいかな。

僕はまた走り出す。迫りくる火球を易々と躱して、獣に一瞬で肉迫。

もう一発、吹き飛べッ。

「――――ッッ!?」

あ。

次に吹き飛んだのは――僕だった。

殴る前に、獣の尻尾攻撃も諸に食らった。

あの図体なのにめちゃくちゃ素早い。

今度は僕が煙を引いて吹っ飛ばされる。すでに体はバラバラだ。尻尾を当てられた時にはもうバラされていた。

かなり吹き飛んだ所で地面に着弾。かなりの量の砂煙が上がる。

僕の体はすぐに再生する。

煙から出て、今度こそ攻撃を当てよう――と思ったのだけど。

黒い獣が口から眩い光を放っている。

そのまま後ろに仰け反ると、頭を勢いよく元の位置に戻した。

そして、吐き出される熱線。規模えげつない。体育館ぐらい軽く飲み込めるぐらいの太さ。しかも、僕の所に到達するまで一秒とかかってない。

「――」

熱線に飲み込まれる。一瞬で消し炭だ。

熱線は丁度、僕の所で地面に着弾。

一瞬で超莫大な熱エネルギーを地面に蓄積。

瞬きの間の静寂。

その後、空に向けて、直径数キロ以上はあろう熱の柱が地面から立った。

衝撃が熱風を乗せて辺りに散らばる。もし、比較的近くに無事な緑があったとしても、この熱風によって全て炭となることだろう。

柱は数秒立ち続けて光を放ち続けた。それだけ大量のエネルギーが蓄積されていたとアピールするように。

そうして、やっと衝撃が収まる頃には、辺りに濃い白い煙が立ち込めた。

「…………」

圧巻、てこういうことを言うんだろうな。

この獣と対峙してから感情の躍動を全く止められないッ。

攻撃を交わせば交わす度に激情が僕の細胞を刺激するッ。

心地好い感覚な筈なのに、蓄積され過ぎて気持ち悪いくらいだ。

いい……いい！　いいね！　いいよ！　最高だ！

もっと……もっとッ、もっとだ！　もっとやろう！

僕はすでに再生を済ませていた。

□□□

それからも戦闘は継続した。
黒い獣は混乱していた。
竜の体を手に入れ〝最強〟となった筈の獣。
その体を以てしても倒せない人の者。
異常なことだった。
最強だ、最強になった筈だ。これ以上の生物などいない。なのに——だというのに！
その最強が人一人すら葬れない。破壊できない。
これが……こんなのが、求めた〝最強〟の形？　一生命すら消し飛ばせないこんな姿が
終着点？　これが、自身の完成形なのか？
黒い獣は混乱していた。自分のアイデンティティを揺るがしかねない一大事だ。
破壊のできない破壊者など笑い話もいい所である。
自身の〝最強〟を証明するために、黒い獣は決着を焦る。

獣は自身の口の前に熱エネルギーを集中させる。

目の前には嚇灼の球。

獣はそのエネルギーの形を食す。

すると、頭から順に、マグマもかくやと高温になっていき――数秒で全身が超高温状態となった。

その場にいるだけで大地が溶ける。

獣はその状態で突進を行った。

音速も超える突撃。

進めば進むほど、進んだ道を示すように大地が溶けていき。

目標である人の男は、その突撃にむしろ突っ込んで、笑いながら拳をぶつけてきた。

男が生み出した衝撃と獣の超高温状態での突撃がぶつかったことで、その場で大規模な爆発が起きる。

その真っ白な光からは凄まじい衝撃が放たれ、何ものも近寄れない。

もし近くに金属があったなら、瞬きにも満たぬ間に溶かされ赤熱していただろう熱量に、数トンはあろうものでも吹き飛ばしかねない衝撃。

男は跡形も無く消えていた。

――でも、それも数瞬だけの間で。

すぐ目の前に男が五体満足で現れ、獣は殴られ吹き飛ばされる。

質量が増すと同時に頑丈になっているというのに、簡単に砕かれる獣の体。

「――ッ」

獣が上と下の歯を合わせ、顔を強張らせる。

こんな様で何が最強か!!

これまで何度も男を殺せず、あまつさえ、何度も傷を負わされる現状に辟易してか、遂に獣が最終手段へと移る。

自身の体の中で生成できる熱と、体内の魔力を全て使った一撃。

竜だけが行える、自身の生成物と魔術の融合。

獣の前に、獣と同程度の巨大な魔法陣が出現。橙色によって縁どりされた黒色の魔法陣が徐々に回転し出す。

魔法陣の前には橙がかった白い熱球が生み出され、どんどんと大きくなっていき。

生み出されたエネルギーが凄まじいのか、大地が震え、変な風が吹き荒れ出す。

竜という強大な一個体が、自身の全てを消費して起こす最大の一撃。

下に向けて撃てば、星の核にまで到達して、世界そのものを揺るがしかねない災厄となる。

最強が生み出す最凶の一撃である。

□□□

大地が怯え、風が悲鳴を上げている。

竜がいきなり変なものを展開したと思ったら、一気に状況が変化した。

おそらく、これまでとは比べものにならない攻撃をくり出そうとしてるんだろう。

だとしたら、このまま撃たせるのは良くないかも。瑠菜さんがいる所まで被害が及んだら困る。

攻撃を逸らすために上へ跳び上がるのは必須。そして、少しでも被害範囲を抑えるために、思いっきり衝撃をぶつけてみるか。

「～～～～ッ！」

思いっきり伸びをする。

どんな一撃なんだろうな。

期待を止められない、昂って仕方がないッ。

どんな一撃か想像するだけでトリハダが立つ。
願わくは、僕の予想を上回るような凄まじい一撃であることを。
「～～～ッッッ」
顔が勝手に綻ぶ。
「――」
さぁ、やろうか。
僕は膝を曲げて、溜めを作る。
そして、その溜めを解放して、一気に跳び上がった。
一瞬にして雲を抜け、ある高度を超えた所で、急激に体が熱を持つ。
やや空が黒くなっているのを周辺視野で確認しながら、僕は徐々に落ちていった。
いつの間にか、大気圏、突破してたのか。
落ちる過程でも、さらに僕の体は熱を持った。
でも、黒い獣との戦いでさらに熱への耐性を高めた僕の体は未だに原形を留めている。
隕石のように削れてはいない。
拳を握り、肘を後ろに引いて、上半身まで捻り、僕は溜めを作る。
熱＋自由落下＋溜め＋捻り＋殴打

これが今出せる僕の全力だ。

さぁ……思う存分、撃ち合おうよ！

□□□

クシナの想定通り、黒い獣はクシナを視線で追って、上を向いた。魔法陣も上を向いている。

世界すら狂わせる崩壊の一撃。

それが、今――空に向けて放たれた。

直径五キロはある熱の砲撃。

何ものをも瞬時に蒸発させる超高温熱線。

当たってもいないのに、近くで熱の余波を浴びただけで大地は溶け、マグマと化していく。

滅びの熱が一瞬でクシナへと迫る。

対するクシナ。熱の光が見えた瞬間、自身の右の拳を光に向けて突き立てた。

熱の柱とクシナの拳が交錯する。

このまま、二つの攻撃による押(お)し合い――になるかと思えば、結果はすぐに表れた。

クシナに殴られた瞬間、黒い獣の放った攻撃が空中で爆発。

いくらか威力(いりょく)が落ちたとはいえ、元は世界崩壊の一手。空中でありえない規模の爆発が起きた。

辺り一帯、白い光で埋め尽(つ)くすほどのエネルギー。

一瞬の間、空は熱の光で覆(おお)われた。

光が消えた後に残されたのは真っ青な空のみ。

空にあった不純物は一つ残らず焼け消えた。

視界に雲一つなし。これまでとは明らかに被害範囲が異なる攻撃。


――それでも、クシナは死ななかった。


攻撃でエネルギーを使い果たし、グッタリと倒れる黒い獣。

その目の前でクシナは再生し、獣を眺(なが)めた。

そのクシナの姿を見て――とうとう獣は動揺し始めた。

〝竜(さいきょう)〟が最強たる所以(ゆえん)を放って尚(なお)も生き残る理不尽(りふじん)。

どんな攻撃を受けても再生し、再生するたびに強大な一撃を与えてくる化け物。

戦闘中、男は笑い、最大の一手を受けて尚、その笑みを崩さない。

〝最強〟とはなんなのか……一人の男の命も奪えない最強とはなんなのか。

………否、そうではなく。

自分は〝最強〟ではなかった。

遂に、獣はその事実を認めてしまった。

アイデンティティの崩壊。

それに続くように、どんどんと矛盾が生まれていく。

これまでの自分が否定されていく。

獣の瞳孔から発せられている赤い光が明滅を繰り返していた。

クシナが拳を振り上げる。今、クシナの攻撃を食らえば、確実に絶命する。

だというのに、獣は他の恐怖によって思考を奪われていた。

疑問――それも、己の存在価値を揺るがす疑問。これまでの自分はなんのためにあったのか、そも、この生に意味はあったのか？　その疑問という名の恐怖。

この世界に生まれた意味など無かったのではないか。

そんな根源的な恐怖を覚えながら、獣はクシナの攻撃を受け――絶命した。

□□□

「ふううう………」

僕は、黒い獣にトドメを刺すために振り下ろした拳を地面から引っこ抜く。

辺りは酷い光景になっていた。

一度はマグマとなり、冷やされ黒く濁った地面。

僕の攻撃の衝撃によって亀裂だらけになった凸凹の大地。

最早、何をやっても再生しないのではないかと思えるほどにボロボロ。最後の攻撃があまりにも凄まじい衝撃だったために、雲どころか煙さえ一気に吹き飛び、視界こそ良好だけど、それ以外は酷いの一言。「終わり」という言葉が似合いそうな光景。

――でも、そんなことはどうでもよかった。

「～～～～ッッッッ!!!!!」

背中を駆け上がってくる暴力的なまでの快感。

それに身を震わせる僕は、背中を丸め、両の手を握り、腕を頭の近くまで持ってきて、力の限り体を硬くしていた。

この快感に身を裂かれないよう、必死に耐える。

さいッッッッこうッだぁ。

これッ、これだヨ！　これ、これなんだァ！　これこそッ、これッこそ！　これこそォ!!

「～～～～ッッッッ!!!!」

勝手に顔が綻ぶ。いっぱいに力を込めてるせいで、笑顔なのに凄く歯を食いしばってる。

もうッ！　なんだッ、分かんない！　でもッ最高！　でもッッッさいッこう!!

この感動！　感情の躍動！　激しく主張する達成感！　全身を駆け巡る興奮！

これほどまでに僕の身を震わせるものは無い！

このために僕は生きてる！　これだけが僕を生きてると実感させてくれる！

これに勝る衝撃は無い！　絶対に！　必定に！　確実に！

最高で最上で最大の衝撃！

あまりにも活動的で暴力的で衝撃的な感情のせいで涙まで出そうになる。

でも、そんなことすら気にならないほどに、この感動は甘美だった。

「～～～～────」

あぁ……最高だぁ……。

甘くて激しい感情を思う存分堪能しきってから、僕は勢いよく体を起こし、仰け反り、空に顔を向けた。

「ふぅぅぅ……」

さっきまでの快楽が嘘のように消える。

いや、消えたのは快楽だけじゃない。脳の中が空っぽになってしまったような感覚。

でも、不思議と喪失感は無い。むしろ、スッキリしてる。

快感は消えたのに余韻は残ってるというおかしな感じ。

「……」

快感によって抑えられていた思考が戻ってくる。

そうだ、戻らないと。

ウティアさんは無事にマティアさん達と合流できたかな？ マティアさんと瑠菜さんは無事だろうか？ サティアさんもこの異常に気付いていればいいけど。

僕はマティアさん達の家がある方角に視線を移す。

獣は倒した。なら、僕もウティアさんの後を追いかけないといけないよね。

僕は即、行動に移した。

□□□

【サティア視点】

「何やってんだサティア！」

ウティアが俺の近くまで来ると、突然、胸倉を掴んできた。

と、そのタイミングで丁度、マティアと瑠菜もこちらへ走ってくるのが見える。

いきなりのウティアの態度に、俺は一瞬、頭が真っ白になってしまった。

だが、訳も分からず怒鳴られれば、イラつきもする。

「何……？　何をやっていたか、だと？　見たら分かるだろッ。キサマが務めを果たしている間に、俺は俺で対応していた！　やるべきことを果たしていたのだッ、文句を言われる筋合いは無い！」

そして、胸倉を掴んでいるウティアの手を払う。

それでウティアは下を向いたが、肩が震えている様子から察するに、全然怒りは収まっていないようだった。

「ふざけんなよ……！　テメェがここでチンたらやってたせいで、マティア死にかけたんだぞ!!」

ウティアが激昂する。

その言葉を聴いて、俺は目を丸くした。

真偽を確かめるため、マティアの方を向く。

マティアは申し訳なさそうな顔をしながらも、ゆっくりと頷いた。

馬鹿な……！

「ルチュルーが来たの。私の『加護』から唯一逃れられるあの子が、私の命を狙いに来て
て、それで……」

るちゅ……ルチュルー！　唯一、俺達が見つけられなかったテイルティティアの眷属
か！

そんな、馬鹿な……！　何故、このタイミングで⁉

「サティア、テメェ……！　なんですぐに片付けてマティアの所に戻らなかった……？」

「――――ッ！　戻ろうとした！　だが、奴の核がどこにあるか分からなかったのだ！　し
つこく再生する奴を前に、俺は――――」

「ならなんですぐマティアの所に戻らなかった⁉」

「戻れる訳がなかろう！　目の前の化け物を連れて、どうして戻れる⁉」

「それでマティアを別の脅威に晒してちゃ意味ねぇだろうが！」

「――ッ」

またウティアが俺の胸倉を掴んできた。

俺は言葉に詰まる。

「何度も再生するから厄介(やっかい)だった⁉　マティアの前に敵を連れていく訳にはいかない⁉　それがスラスラ出るってことはお前も色々考えてた筈(はず)だよな⁉　マティアが別の脅威に襲われることも含(ふく)めて！　なのにお前はここから動かなかった！　馬鹿みてぇに意味のねぇ戦いを続けてッ、挙句ッッ、時間稼ぎをしてましただぁ⁉⁇　てめぇが一番やらなきゃいけねぇのはッ時間稼ぎじゃなくてマティアを守ることだろうがよぉ‼!　危険に気付いてながらなんでマティア一柱にしてんだよぉ‼」

「――ッッッ」

ウティアの論に何も言い返せなくなる。

俺は……違う。別に、俺はマティアを一柱にしたくてした訳じゃない。マティアに危険が及ぶ可能性も分かっていたさ。分かっていたから迷っていたんだ。

俺がここを離れてマティアの下に向かうのと、戻(もど)らず奴の相手をし続けるの、どちらが最善かを考えて……それで、一柱ではどうにもできないと感じ、て……。

そうだ。俺は一柱の力では満足な解決はできないと分かっていた。にもかかわらず、自分一柱で全て解決する方法を模索していた。

何故だ？　何故、俺はそうした？

本来、俺は誰かに協力を仰ぐべきだった。マティアでもウティアでもどちらでもいい。

あの樹の化け物を引き連れていくことになろうと、俺が奴の攻撃を弾けばいいだけだ。

後顧の憂いなく事態を収めるには、それが最善だった筈だ。

今、冷静に考えればそれが分かる。なのに、俺は協力を仰ごうとしなかった。

その理由は――

「どうせテメェ！　いつものように、ここで待っとけばいいとか思ったんだろ!?　緊急時はそうするって昔ッからの決まりだもんなぁ!?　一柱では対応できないヤツは複数で対応する。最初に向かった一柱は、他が来るまでの足止めってぇ。そうだな、それで昔は解決できた。だから、今もそれで大丈夫！　変える必要は無い！　そう思ったんだろ!?」

「………ッ」

「その結果がこれだァ!!」

ウティアに図星を突かれ、俺は何も言えなくなる。

そうだ、そうなのだ。ウティアの言う通りなのだ。

迷いながらも、いつもの形を変えられなかった。変える勇気を持てなかった。

その結果が、これ……ッ。

ウティアは、俺の胸倉を改めて掴み、顔を下に向ける。ウティアの手は、今も怒りに震えていた。

「何度言えば分かんだよ……！　いい加減分かれや……いい加減変われや！　もう世界変わっちまってんだよ！　何もかも違う方向に動き始めてんだよ！　これからも大切なモン守りてぇって言うなら、俺らも変わっていかなきゃイケねぇだろ!!」

ウティアが顔を上げる。

その目は怒りに満ちていた。だが、刹那(せつな)の間に、どこか願う気持ちも垣間(かいま)見えて。

「――――ッ、いつまで止まってるつもりだァ!!　サティアぁぁ!!!」

その激昂は、これからもこの日常を守りたいというウティアの願いから来るものだと、今、分かった。

それを受けて、俺は――――心の中がグチャグチャになる。

「………ッ」

これまで抑え込(こ)んできたものが……これまで隠(かく)してきた弱みが、外に出ようと溢(あふ)れてくる。

それに呼応するように、頬(ほお)が、口を開けと痙攣(けいれん)してくる。

「なんで……今更……」

言うな、言いたくない、と俺の心の何かが訴えかけてくる。

でも、必死に抑え込んできたそれが、少しだが、もう出てきてしまった。抑えが決壊してしまった。

だから、もう――止まれない。

「今更ッ、変われって……？　ここで、このタイミングで……？　もう何百年も、経ってるのに……？」

なんで、俺が変わらなかったのか。なんで、ウティアの話を聴き続けなかったのか。その理由が、どんどんと口から漏れてきてしまう。

「ふざけるな……ふざけるな……！　ここで変わってしまったら……あの日の決断はどうなる……？　あの日ッ、子を殺すと決めた俺達の決断は……どうなるんだよ……！」

そうだ。

もう何百年も前。自身の子供達と決別した日。

俺達は子を殺してでも止めると決意した。

殺して、業を背負ってでも、変化を拒んだ。

ここで変わってしまったら、あの決意はどうなってしまうのか。あの決意は、なんだったのか。

「ここで変わるぐらいなら……ここで変わってしまったら……なんであの子達は……死ななきゃいけなかったんだよ……！　ここで変わるぐらいなら、あの日、あの時ッ、変化を受け入れれば良かったじゃないか……！　なんで……なんでッ、今なんだよ……！」

それは、隠してきた本音。誰にも知られたくなかった、俺の本音だ。

「ここで変わってしまったら……あの子達の死は、なんだったんだよ……！　ここで変わるぐらいならッ、あの子達はッ死ななくて良かったじゃないかッ……！」

ウティアが手を離す。

俺はその後、泣き崩れてしまった。

これまで隠してきたもの、全てを吐き出すように、泣き崩れてしまった。

ウティアとマティアは、あの決断に後悔は無いと言う。それが『神』としての在り方だと、そう言う。

でも、俺は違った。ずっと後悔していた。自分の子供達を殺す決断をしたことを、ずっと……。

それを悟られたくなくて、俺は……！

ウティアが屈み、俺の背中をさすり出す。

さっきまでと違い、優しさに溢れたそれは、俺を宥めるようで。

「そうだ。俺達はあの日、変われなかった。でもな、そんな後悔があっても、時間は過ぎてく。変化は訪れる。ならもう、仕方ねぇって、受け入れるしかねぇだろ。これ以上失いたくねぇってんなら、頑張って、変わるしかねぇだろ」

「――――ッ」

俺の感情は、とうとう歯止めが利かなくなった。凄まじい奔流となって俺の心を掻き乱す。

そうか……そうだったのか。

口ではあぁ言いつつも、ウティアも後悔していたのか。きっと、マティアも……。

それでも、二柱は、前に進もうと、足掻いてたのに……ッ。

それなのに、俺は……俺だけが、馬鹿みたいに意固地になって、他を拒んで……！

俺が……俺だけが……ッ、馬鹿で、阿呆で、子供だったんだ……！

俺はこの日、初めて――――変わるべきだと、心から、そう思えた。

□□□

結界内で騒動があったその日の夜。

僕は風呂に入った後、いつものようにバルコニーに居た。

僕が瑠菜さん達の所に戻るまでに、ウティアさんとサティアさんの間で一悶着あったらしい。

けれど、彼らは、僕が戻った頃には何事も無かったかのようにいつもの調子だった。

でも、少しだけ変化があって、サティアさんの僕達に対する態度が軟化したような……。

あれは一悶着あった影響だったのだろうか。

まぁ、サティアさんの態度が変わろうと、僕からしたら特に何か困る訳でもないので、問題は無いのだけれど。


「待たせたかしら」

と、そこに、風呂上がりの瑠菜さんがタオルで髪を拭きながら歩いてきた。

これもいつものことだ。この家に来てからというもの、一日の終わりはこのバルコニーで、その日あったことを話すことになっている。言い出したのは瑠菜さん。

「ううん、待ってないよ」

「そう？」

瑠菜さんもバルコニーに出て、僕の隣で星を見上げる。

「今日は色々あったわね……」

瑠菜さんから話しかけてくる。

昼にあった色々のことを指しているのだろう。

「そうだね」

「それにしても、貴方、よく無事だったわね？ 貴方も貴方で、大変な目に遭っていたみたいじゃない？」

今日、僕がどうしてウティアさんと戻らなかったかは、すでにウティアさんと一緒に説明した。

これはそのことについてだろう。

「まぁ……そうかも」

大変……まぁ、確かに、大変と言えば大変だったかな。

僕の場合、戦闘があまりにも楽し過ぎて、そこら辺については考えてなかったけど。

「この結界内に住む獣に変身できるとかどんな相手よ。それも一つ二つではなく複数。よくそんな多種多様な攻撃をしてくる相手に勝てたわね。流石と言うかなんと言うか」

瑠菜さんは半ば呆れてる。

改めて言われてみれば、確かに。

この結界内に居る獣はどれも一騎当千。

そんな奴らの攻撃を模倣して、あまつさえ、その攻撃の種類をコロコロと変えてくる。

超強力な相手と相対するだけでなく、それら多種多様な攻撃にも対応しないといけない。

僕じゃなかったらどうなっていたか。

そう考えると、とことん僕っておかしな存在なんだなぁ。

僕は頬を掻きながら笑う。

「ま～ぁ、貴方の異常さは今に始まったことでもないし、いいのだけれどね。ところで、話は変わるのだけれど」

瑠菜さんがこちらに顔を近付けてくる。

「貴方は、昼のアレ、なんだと思う？」

「…………う～ん」

瑠菜さんが言っているのは、昼に襲ってきた獣や植物のことだろう。

あの後、マティアさんがアレらについて調べたのだけれど……。

『なに、これ……？　こんな気持ち悪いの、初めて見る。こんな黒くてドロドロして読み取れない情報、初めて。だけど……読み取れる断片的な情報を見ても、複数の神が関わってるのは間違いない。一体、どうやったらこんな気持ち悪いのができるの？』

どうやら、マティアさんでもよく分からないものだったらしい。

「確か、複数の神の力が検出されたんだよね……」

「えぇ。でも、マティアは、『今いる神の中でこんなことに関わる者はいない』とも言っていた。なら、アレは何？て話よね」

「新しい神が現れたという説も否定していたしね〜」

「えぇ。彼女らの『お母様』なる存在が、新しい神を創る筈がない、創ったとしても、彼女らに伝えない筈がない、という話だったし」

「しかも、死んだ神が関わっているかもしれない、とも言うし……」

「………」

僕達の間に無言の時間が流れる。

この世界について詳しいマティアさん達でも結論が出なかった問題。

原則として、この世界でも、死んでしまえばその時点で命は終わり。生き返る手段など無いらしい。

それなのに、死んだ筈の神の力が関わっている、と言われてもなぁ。

「ん〜、分からないや」

僕は正直に自分の考えを伝えた。

「……そっか」

マティアさんがまた外に目を向ける。

「まぁ、アレがなんであれ、マティア達にとって良くないものなのは間違いない訳だし、いずれ彼女達が動くでしょ。彼女達みたいな存在にわざわざちょっかいを出すなんて、本当に馬鹿よね」

「それはそうだね」

瑠菜さんが呆れ笑いを浮かべながら出す言葉に、僕も笑いながら賛同する。

確かに、ウティアさん達のような強い者に自分から仕掛けるなんて、あまり頭が良いとは思えない。

やるとしても、不意打ちとかだよねぇ。いや、まぁ、事実、今回のはまさしく不意打ちだった訳だけど。

「でも、この世界に不穏な者が居るのはよく分かったわ。やっぱり、どの世界でも危険は付き物という訳ね」

そう言いながら、瑠菜さんは外に背を向ける。

そして、僕の方を見て、

「だから、私の護衛、これからも頼むわね。頼りにしてるわよ、クシナ」

そう笑みを浮かべながら言ってきた。

それに対し、僕も、笑みを浮かべながら言う。

「分かった」

□□□

そうして、僕達がウティアさん達の家に住み始めて一ヶ月が経った――――。

「あぁ～ん！　寂しいよ～！　やっぱり行っちゃうの～⁉」

その日の朝、瑠菜さんはマティアさんに抱き着かれ、別れを惜しまれていた。

「ええ、いつまでもここに居ると自堕落になってしまいそうだもの。それは私が許せない。だから、行くわ」

「お前らなら全然もっと居てくれて構わね～んだけどな～！　残念だ！」

ウティアさんも、笑顔とは裏腹に別れを惜しむ言葉をかけてくれる。

「ふん、『人』ともっといたいなどと正気か？　理解できんな」

ただ、サティアさんだけはそうではなかった。

「……お前なぁ、まだそんなこと言って――」

「だが、助けられたのは事実だ。お前らが来てくれたことは、こちらに良い影響を齎してくれた。それについては……感謝してる」

最後になるにつれて語気が弱くなっていったけど……感謝、された？　珍しいこともあるんだな。

これには瑠菜さんも驚いたようで目を丸くしている。

「……素直じゃない奴」

「ね～」

「そこ、聞こえてるぞ」

後ろで陰口を叩いた二柱を、目敏く咎めるサティアさん。

なんか、やっぱり、雰囲気変わったな。

サティアさんがこちらに向き直り、口を開く。

「これからどこへ向かうんだ？」

「とりあえず、この森から一番近い街に向かうつもりよ。まだ目的も何も決まってないからね。まずはそれを見つける所から始めるつもり」

「そうか……気を付けろよ」

「――。ええ、ありがとう」

まさか気遣う言葉まで貰えるとは思ってなかったらしく、一瞬、瑠菜さんは言葉に詰まりつつも礼を返した。

「うん」

「ま、これが最後って訳でもねぇだろ⁉　いつでも来いよ！　また戦ろうぜ！　クシナ！」

「次は俺ともやれ。やられたままでは癪に障るからな」

「「――」」

まさか、サティアさんからそんな言葉が出てくるとは思わず、僕だけでなくウティアさんまで面食らう。

「うん、分かった」

とりあえず、驚きつつも、僕はそう返しておいた。

「絶対だよ～。また来てよ～。るーたん、また料理教えてね」

「ええ。まだまだ教えてない料理はいっぱいあるから、楽しみにしてなさい」

「やったー！」

と、そんな風に別れの挨拶を進める僕達。

でも、このままだといつまで経ってもお別れが済みそうにないので――

「さて、そろそろ行くわね」

区切りのいい所で、瑠菜さんがその言葉を口にした。

「……あぁ」

「うん！　元気でね！」

「またな！」

ウティアさん達からそれぞれ別れの言葉を貰ったので、僕達はそれに片手を上げることで応える。

僕は、結界の外に出るため、瑠菜さんを抱えた。お姫様抱っこの形だ。

そして、走り出そうと三柱に背を向けて、

「クシナ、ルナ」

そこで、サティアさんから声をかけられた。

「ありがとな」

「「――」」

彼からそんな言葉をかけられ、目を合わせる僕と瑠菜さん。

僕はすぐにいつもの笑みに戻し、瑠菜さんは仕方なさそうに笑った。

「「どういたしまして」」

僕と瑠菜さんの言葉が被る。

これは偶然だった。でも、お礼を言われたらこの言葉を返すのが普通だし、そこまで変でもないか。

そして、僕は、結界の外に出るため、一気に駆け出した。

□□□

【マティア視点】

くー君が脚を動かしたと思ったら、一瞬で目の前から消えてしまった。

まぁ、結界の中には『根源なる獣』も居るし、すぐ抜けるに越したことはないか。

「行っちゃったね……」

「あぁ」

「おう」

さっきまで居た二人が居なくなったことで、私達は感慨に浸る。

「それにしても、変な奴らだったな～」

ウティアがそう言うと、サティアは同意するように頷き。

「一人は力が、もう一人は知識が。人にしては卓越したものを持っている者達だったな」

「な～！」

サティアが二人について述べる。

それには私も同意で、

「るーたんが『世界の言の葉』に使われている文字をマスターした時なんかは、私、驚いちゃった」

「いや、アレは驚かない方が変だ。流石に、アレが出来たら神であろうと私は引く」

「俺なんかは見ただけで混乱するからな～！　いや～、マジですげぇよ！」

私達はこの一ヶ月の思い出話に浸る。

「クシナもクシナで変態だぜ～？　全く、再生と強化、止まる気配ねぇの！」

「我々に迫るどころか追い抜かしていくなど、あっていいものなのか……」

「そういや、クシナの力の解析、済んだんだよな！　どんな力だった⁉」

「う～ん」

ウティアにそう訊かれ、私は唸る。

「くー君の言う通り、アレは『一なる神』から与えられてる力だった。……与えられてるって言っていいのかな？　もう肉体に定着して離れないようになってたけど。……まぁ、いっか。で、くー君の力なんだけど、アレ、再生なんてチャチな力じゃないよ」

「………は？」

さっきまで『凄い』と言っていた力を『チャチ』と言ったことで、ウティアだけでなくサティアも呆ける。

「くー君の力、あれ歪だよ。『人』が持っていいどころか、『神』ですら持っていいか怪しい。そんな力」

「……おいおいおい、マジか」

私がそう言うと、ウティアは半笑いを浮かべ、サティアは平静を装いながらも冷や汗を流す。

「でも、後々誰かに利用されるようなことは無さそうだよ
悪しき力になるかは、もう本当、使い手次第って感じ」

「使い手次第、かぁ～。クシナはあんなだからな～。ちょっと心配だわ」

私がそう説明すると、ウティアはくー君を思い出し、そう告げた。

だけど、

「だが、アイツには瑠菜がいる。例え、誰かに利用されそうになったとしても、瑠菜がそれをさせないだろ」

まさか、サティアからフォローが入るとは思わなかった。

私とウティアは目を丸くしてしまう。

「……なんだ？」

「い〜や、いやいや〜、おめぇも随分と丸くなったな〜」

「……チッ、その目をやめろ。俺だって、悪いと思った所は直す。だが、勘違いするなよ。根本的な考えまでは変わらん。『人』は悪しき者だし、禁忌だ」

「はいはい、それでいいよ〜。全部変えろなんて言ってねぇしな！　おめぇはそれでいいんじゃねぇ？」

「変われって言った奴が無責任な」

ウティアとサティアが仲良く言い合いをする。

こんな穏やかな言い合い、見るのいつぶりだろ？

これまで、二柱の間には見えない溝があって、例え、どれだけ小さな言い合いでも、どこか言葉に棘があった。

それが、今では無い。

私は、今の二柱のやり取りを見て笑みを浮かべる。

やっぱり、彼らを招いたのは正解だった。

なんだか、これから良い方向に進みそうな気がして、私は晴れ晴れとした気持ちになっていた。

「さて、それじゃあ、私達は私達で動かないとね。世界にとって悪影響な存在がいることは明らかになった訳だし。こういう時こそ私達の出番だよね」

私はそう言いながら両手を合わせる。

そんな私の言葉を受けて、ウティアもサティアもこちらを振り向き、頷いた。

「だな」

「あぁ。あんな存在を放置したとあっては神の名折れだ」

そうして、意見が揃った所で、私達は一度、家へと戻る。

動くと決めたはいいけど、まずを計画を立てないとだしね。

「……どう動くかは決めているのか？」

サティアが私に問いかけてくる。

「ううん、それはまだ。るーたん達と過ごしている間も考えてはいたんだけど、ぶっちゃけ、手掛かりが無さ過ぎて、何も決められなかったんだよね～」

「んじゃ、まずは結界の外に出て情報収集だな！　引きこもりもそろそろやめ時って訳だ！」

「間違いではないが、もっと言い方があるだろ。『引きこもり』などと、まるでこれまで何もしてこなかったみたいではないか」

「あながちそれも間違いじゃねぇだろ～？」

「務めだって立派な役割だ。それを『何もしていない』と評するのは母様に失礼だろ」

「あ～はいはい、そうっすね～。俺が悪ぅござんした～」

「お前……ッ、こっちは真剣にだな――」

「ははは！」

二柱のやり取りを見て、思わず笑いが込み上げてきてしまった。

うん、大丈夫だよね、きっと。

今の二柱と一緒なら、どんな障害だって退けられる筈。

……多分、きっと、そうだ、うん。そうだと……いいな。

こんな時間がずっと続けばいいな。

この時の私は、そんなことを呑気に考えていた。

エピローグ

【マティア視点】


不幸は一瞬、それが私の考え。

幸せを築くには、それ相応の手間と時間、経験が必要だ。だというのに、それに対して、不幸は、それを一笑するが如く簡単に訪れる。

なんの前触れも無く、準備など必要なく、ほんの少しのキッカケで、訪れる。これまで時間をかけて築いてきたものを一瞬で無に帰すために、これまでの努力を嘲笑うために、不幸は気紛れにやってくる。

私は不幸を信じてる。いつ、どんな時でもやってくると信じてる。多分、他のどんなものよりも不幸を信じてると思う。

そのせいで、私は他のものを信じられずにいた。どうしても「裏切られるのではないか」という想いが先行して信用できない。これまで数百年を共に過ごした目の前の二柱でさえ、私には信じることができなかったの。

でも、今、それが変わりつつあった。

キッカケは単純なもの。るーたんの指摘と、謎の生物の侵入事件。

これまでの私は、心の奥底では二柱を信じてないことすら認識できてなかった。そのせいで、自分の行動に違和感を覚えつつも、変えることができずにいたの。

でも、るーたんの指摘で、やっとそれに気付くことができた。

そして、それを自覚した後に起こった今回の事件。

今回の事件をキッカケに、堅物で頑なで臆病なサティアが変わり始めたの。絶対に変わることは無いと思っていた彼が変わり始めた。

生命は変わることができる。変化は悪いものばかりを引き寄せるんじゃない。良いものも引き寄せることができる。――――それを知ったから。

だから、私も、変わってみようと思った。

時間はかかると思う。これまでの価値観を壊す訳だから。一筋縄ではいかないと思う。

でも、サティアを見て、私も変わりたいと思った。変わらなきゃ駄目なんだって思った。

彼らの信頼に応えるためにも、私だって成長しなきゃ。成長して、これからも二柱と一緒に未来を歩いていたいから。私だけ取り残されるなんてごめんだから。

そろそろ、誰かを信じたっていい頃だよね。

そうやって、私の中で不幸への信頼が揺らぎ始めていた時だった――。

突然、身近で、とてつもない不幸の気配を感じた。

るーたん達が去って、私達も家の中に戻ろうとしていた所。

それはなんの前触れも無く、唐突に、森から姿を現した。

それは、言ってしまえば、世界の理不尽を凝縮したような存在。不幸の権化。絶望の化身。

くー君と同じ、私の『加護』でも全貌が把握できない存在。で、ありながら、この世に在ってはいけない不純物。

それが何者なのかは見ただけでは分からなかった。

でも、とんでもなく黒いオーラを身に纏っているのだけは分かった。くー君と違い、明らかに悪意を持っていることだけはッ。

アレは――駄目だ。このまま野放しにしちゃ駄目ッ。先手を取らせても駄目！

火急、速やかに排除しないと！　この世から欠片も残さず消滅させなくちゃ！

じゃないと、きっと――きっと！

――ツツツ!!!!

「ウティア！　サティア！」

私は私の中で一番信頼してる二柱の名前を呼ぶ。

「アイツをッ殺してぇ!!!」

あとがき

二巻をお手に取ってくださり、ありがとうございます。

作者の雪ノ狐（ゆきのきつね）です。

さてさて、早速、本題に入りますが、二巻はどうだったでしょうか？

言っておりませんでしたが、実は今作、一巻を丸々プロローグにあてておりまして、話が進み始めるのは二巻から、という物語構成になっております。

なので、本格的にヒロインが登場するのも、物語のキーパーソンとなりうる人物が登場するのも二巻からとなっておりました。

ここだけの話、一巻は主人公のイカレ具合を表現するためだけに使ったと言っても過言ではないです。おかげで、主人公が破綻していることは、読者の皆様の間では周知の事実になっていると思います。

先に言っておきましょう。

この先、主人公の精神性が変わることは無いです（笑）。

例え、どんなことがあろうと……それこそ、交流のある相手が亡くなろうとも、主人公は変わりません。

そこは安心してください。

……安心できる要素ではないって？　まぁまぁまぁ。


作者が考える、完成した精神の一つ。それを持つのが屈止無です。

これを超えるものを考えるのは、今の私の経験では不可能ですね。

書きながら、『ブレなさ過ぎワロタ』と自分で笑うぐらいです。

このイカレ具合をもっと読者の皆様に楽しんでいただきたい、その一心で本作を手がけております。

………え？　ハッピーエンドに拘っていた心はどこに行ったか、ですか？　あ～、そういえば、言いましたね、そんなこと。

あぁいえ、ゴホン。大丈夫です！　その心も忘れておりませんよ！　ちゃんとメインキャラ全員が笑って終わるようなエンディングを用意しておりますとも！　私は生粋の『ハピエン厨』ですからね、はい！　皆様が納得いくような最期になっている筈です！……Maybe。

まぁ、冗談はこのくらいにして、次の展開について、少しお話でもしましょうか。いわゆる、次回予告というやつです。

次巻では、世界を蝕む巨悪について少し触れます。本当に少しですが。

また、これから屈止無と瑠菜がどのように世界を巡るのか、その方針も描く予定です。

次巻を読めば、この物語の方向性を理解することができるでしょう。

遅いって？　いやぁ～（照れ）。

次巻もお手に取ってもらえると嬉しいです！

最後になりましたが、こうして二巻が出せたのも、イラストレーターの増田先生、担当のS様をはじめとした、この作品に携わってくださった皆様のおかげです。感謝申し上げます。

これに慢心することなく、精進を続けますので、これからもぜひ、よろしくお願いします。

雪ノ狐でした、バイバイ！

邪神の使徒たちの動きに
後手に回っていた冬夜たちだが、
ついに方舟の位置を捕えることに成功した。

フォンとともに。30

2024年春頃発売予定！

ここから反撃開始の
強襲作戦が
始動する――!!
異世界はスマート
冬原パトラ
illustration■兎塚エイジ

HJ NOVELS
HJN77-02

貰った三つの外れスキル、合わせたら最強でした 2

2024年3月19日　初版発行

著者——雪ノ狐

発行者—松下大介
発行所—株式会社ホビージャパン
〒151-0053
東京都渋谷区代々木2-15-8
電話　03(5304)7604（編集）
03(5304)9112（営業）

印刷所——大日本印刷株式会社

装丁——小沼早苗（Gibbon）／株式会社エストール

Printed in Japan

ISBN978-4-7986-3411-1　C0076

ファンレター、作品のご感想お待ちしております
〒151－0053　東京都渋谷区代々木2－15－8
(株)ホビージャパン HJノベルス編集部 気付
雪ノ狐 先生／増田幹生 先生